A eternidade e o desejo

ALFAGUARA

Inês Pedrosa

A eternidade e o desejo

ALFAGUARA

Editora Objetiva Ltda.
Rua Cosme Velho, 103
Rio de Janeiro — RJ — Cep: 22241-090
Tel.: (21) 2199-7824 — Fax: (21) 2199-7825
www.objetiva.com.br

Capa
Andrea Vilela de Almeida

Imagem de capa
Paulo Fridman / Samba Photo

Revisão
Fátima Fadel
Tiana Melo

Editoração eletrônica
Abreu's System Ltda.

CIP-BRASIL. CATALOGAÇÃO-NA-FONTE
SINDICATO NACIONAL DOS EDITORES DE LIVROS, RJ

P414e

Pedrosa, Inês
A eternidade e o desejo / Inês Pedrosa. - Rio de Janeiro : Objetiva, 2008.

179p. ISBN 978-85-60281-47-3

1. Romance português. I. Título.

08-1587. CDD: 869.3
CDU: 821.134.3-3

A eternidade e o desejo são duas coisas tão parecidas, que ambas se retratam com a mesma figura.

ANTÓNIO VIEIRA, *SERMÃO DE NOSSA SENHORA DO Ó*

Nota da autora

Todos os textos em negrito são citações de sermões do Padre António Vieira.

Parte I (Eternidade)
As Cinco Pedras da Funda de David — Discurso I (1673); *Sermão do Mandato* (1645); *Sermão da Quinta Quinta-Feira da Quaresma* (1669); *Sermão de Nossa Senhora do Ó* (1640); *Sermão de Santo António* (1671); *Lágrimas de Heráclito* (1674); *Sermão das Lágrimas de S. Pedro* (1669)

Parte II (Desejo)
Sermão de Santa Catarina (1663); *Sermão da Quinta Dominga da Quaresma* (1654); *Sermão da Sexagésima* (1655); *Sermão de Quarta-Feira de Cinza* (1672); *Sermão de Santo Inácio* (1669)

O poema citado na página 47 é de *A Teus Pés*, de Ana Cristina Cesar.

À memória de Eduardo Prado Coelho
e de Haquira Osakabe

Para Maria Lúcia Dal Farra
e Paulo Roberto Pires

Eternidade

Não vivemos como mortais, porque tratamos das coisas desta vida como se esta vida fora eterna. Não vivemos como imortais, porque nos esquecemos tanto da vida eterna, como se não houvera tal vida.

ANTÓNIO VIEIRA, *SERMÃO DE QUARTA-FEIRA DE CINZA*

A noite passada sonhei que voltava à Bahia. O sol atacava a pique, e eu andava de igreja em igreja à procura de alguém que não conseguia encontrar. Na rua a força do sol impedia-me de ver, nas igrejas ficava atordoada com o excesso de turistas e talha dourada. Queria gritar, mas não conseguia. Dizes-me que é uma sensação muito comum, nos sonhos. Mas eu creio que já não posso voltar a ser uma pessoa muito comum.

Recordas-me que vou voltar a Salvador. E que vou contigo. Vou ao teu lado, sim. Acredita que te agradeço a gentileza da companhia. Mas tu não pertences ali. E eu tenho um bocadinho de medo de me perder. Então peço-te que me contes tudo, Sebastião.

— Tudo? Mas o que é tudo? Tudo o que vejo? — perguntas, num sussurro. Como se, de súbito, te sentisses esmagado pela intraduzível vastidão do teu olhar. O que se vê nunca se pode narrar com rigor. As palavras são caleidoscópios onde as coisas se transformam noutras coisas. As palavras não têm cor — por isso permanecem quando as cores desmaiam. Percebo o teu aturdimento: como se traduz a visão? Como se emprestam os olhos? Impossível. Ainda por cima num aeroporto, onde tudo é movimento; o movimento entorpece o acontecer das coisas. Conta-me só a verdade, Sebastião. O que sobra daquilo que vês. Dizes-me que vês uma criança chorando agarrada aos joelhos de um homem que parte. Uma mulher tenta soltar-lhe os dedos das calças do homem, que se esforça por conter as lágrimas. Peço-te que não me contes histórias de despedidas. Vejo-as à transparência das vozes, no recorte bruto das frases interrompidas, entrecortadas de tristeza. Peço-te que olhes para o que fazem as pessoas felizes — são essas que preciso de ver. Dizes-me que te peço demasiado, que a felicidade não se vê.

Enganas-te, Sebastião. Também eu já me enganei, quando via. Olhava mas não via. Fixava-me nas lágrimas, como tu. Somos conduzidos para as lágrimas, a civilização é provavelmente isso, um longo trajecto de lágrimas. Como se tivéssemos medo de merecer o júbilo da terra. Como se o conhecimento da morte nos tornasse mortos antecipados. Lembro-me de mim criança. Recorro muito à criança que fui, convoco as memórias da primeira infância; é esse o meu antidepressivo. Não havia entre mim e o mundo qualquer conflito, e tudo o que sabia me bastava. Dizes-me que tenho sorte; não conseguiste guardar uma memória nítida dos teus primeiros anos. Contam-te histórias que se passaram contigo, e é como se não tivesses estado lá. O que mais recordas da infância é o tédio: repetias incessantemente à tua mãe que não tinhas nada para fazer. Ela retorquia-te que aproveitasses as vantagens de viver num mundo onde já estava tudo feito, e depois mandava-te escolher brinquedos bons para levar aos meninos que não tinham nada. E tu não eras capaz de escolher — todos os brinquedos com que te esqueceras de brincar te faziam falta, de repente. Incapaz de te obrigar a escolher, escolhia ela os brinquedos, ia contigo a um orfanato qualquer. E tu vinhas de lá a chorar, com pena de ti mesmo e dos meninos órfãos, sem brinquedos.

— Na realidade — dizes agora — tinha mais pena de mim do que deles. Então a tua mãe abraçava-te e beijava-te, extasiada com o teu bom coração, dizia: "meu amor, tão sensível, o meu amor pequenino" — e tu sentias-te um mentiroso egoísta. Rio-me, pensas que me rio de ti — já não me rio de ninguém, Sebastião, rio-me porque preciso de arrefecer as palavras, preciso de as adequar à temperatura do meu corpo, rio-me muito mais agora do que quando via, porque quando via as palavras eram só mais um sinal, um piano numa orquestra. Rio-me até mais do que nunca, Sebastião, porque a escala dos sorrisos se me tornou inacessível.

(Forro o espaço de palavras para neutralizar o impacto. A consciência em implosão — neve caindo nas frestas da mágoa, água estagnada sobre estilhaços de vidro, um espelho que se desmorona dentro do rosto que jamais tornará a ser a minha imagem. Habito um lugar desencontrado de qualquer estrada, estraçabraçado de sonsilêncio. Vês? Despalavram-se-me as sequências. Preciso do barulho aquático que as palavras recortam em torno dos fragmentos de tempo. A carne dos corpos, alimentando-se de palavras para não morrer, matando as palavras para não chorar. Corpos. Pedaços de tempo que o tempo vai matando. Desde que se me tornaram opacos vejo-os por dentro, massas de ossos, nervos e vísceras, e ouço-os, espapalaçados, na sua gramática descontínua. Palavras como soldados incautos, em sentido, perfiladas diante dos abismos do heroísmo, palavras que se julgam invulneráveis e se lançam, absolutas de infância, para o grande vazio. Resta-me a terra da palavra, o tom e o toque, a modulação das vozes, os dedos dentro dos sons, os dedos tornados sílabas, curvados como lágrimas, cravados na esfera dos olhos.)

* * *

Conta-me, continua a contar-me o que vês. E tu, paciente, amigo, começas a explicar-me que há um tipo baixinho, alourado, de óculos e nariz empinado, que tenta passar à frente da fila das pessoas que vão para Nova Iorque e que um latagão atrás dele o agarra pela lapela. Descreves a cena e eu começo a ouvir a voz agastada do homem que tentava passar à frente dos outros, uma voz de estopa que pergunta:

— Sabe quem eu sou? Sabe quem eu sou?

Digo-te o que ouço, invejas-me o ouvido, a piedade das pessoas ergue-se em uníssono neste refrão: "ouvido invejável, ouvido invejável", onde quer que eu vá, gabam-me o ouvido, como às raparigas feias se gaba o sorriso. Ouvia apenas metade das frases, era uma distraída deliberada, sem paciência para as conversas de circunstância e sem capacidade para distinguir os timbres, os seus nós secretos de solidão, ternura ou desconsolo. Agora todas as vozes me inquietam e mesmo sozinha falo em voz alta, para preencher este nevoeiro de gesso em que habito. Não sei ser cega, não nasci cega, não posso esquecer o que perdi — tenho desejo da visão, um desejo físico, concreto, feito de suores e ansiedade, um desejo sexual, maculado, absoluto. Nem imaginas como odeio as pessoas que me garantem, com música de elevador na voz, que é bom manter o desejo, a raiva, a vontade, que bom, a questão é canalizar positivamente tudo isso. Odeio-os, a esses conselheiros bondosos e às suas teorias do positivo e à auréola de tolerância que lhes envolve a garganta quando me incitam a que desabafe, que desabafar faz bem. Querem que além de cega seja santa, eruditamente santa, socialmente santa, que me porte bem, que aceite o carinho empenado pela piedade que têm para me oferecer. Podem chamar-lhe compaixão, socorrer-se da raiz etimológica de paixão partilhada, odeio-os. Pelo menos sou uma ceguinha má, dura de roer, imune às maviosas vozes da resignação.

Preferia não ser este ouvido em que me transformei, Sebastião, preferia continuar a ser uma observadora. Gostava de olhar para as pessoas — às vezes até as seguia, ao acaso, só para as ver viver. Adestravam-me a benevolência, esses passeios, imaginava-me um anjo ocasional, puramente inútil, irmã dos anjos d'*As Asas do Desejo* de Wim Wenders, que acompanhavam as pessoas como se andassem numa escola nocturna, a aprender só por aprender, despidos de ambições. Andava muito a pé, comprometida apenas com esse prazer da realidade inesperada.

Mas espera, Sebastião — alguém, perto de nós, fala do Padre António Vieira. Dizes-me que vês uma excursão, um pouco à nossa frente, com uma etiqueta comum: "Ao encontro do Padre António Vieira." Cerca de trinta pessoas. Mais mulheres do que homens. E que o pretexto da viagem é o itinerário brasileiro do Padre António Vieira. Digo-te que Vieira nunca é um pretexto, é sempre uma chamada. Digo-te que Vieira nos chama, pensarás que enlouqueci de vez e talvez estejas certo, pouco me importa. Peço-te que me conduzas ao responsável do grupo, hesitas, mas a uma cega nada se recusa, é esse o reverso da piedade, o inebriante poder que a piedade dos outros nos confere. Como hesitas ainda, Sebastião? Talvez tenha sobrestimado a tua piedade por mim. Esporo-te:

— O problema da tua vida não era o tédio? Então vá; mexe-te, que eu ajudo-te a acabar com ele. Depressa.

Dizes que sou maluca. E perversa. Posso ser essa tua fantasia e tudo o que tu quiseres, desde que me faças a vontade, Sebastião. Preocupa-te que percamos o lugar — não percebes que eu já saí da fila, Sebastião, já não vejo as filas, e se me quiseres seguir acabarás por te perder também, Sebastião, creio que é mesmo esse desejo inconfessado de saltar para fora da fila o que te atrai em mim, precisas da minha mão de cega para isso, sozinho não tens coragem, olhas para o lado e vês o abismo. Mas não perderás o teu lugarzinho agora, Sebastião, as tuas malas cheias de camisas de algodão puro, impecavelmente dobradas, os teus guias turísticos, não te perderás neste instante, Sebastião, põe-me só à frente do responsável, deixa-me falar, tornei-me boa com as palavras, o buraco dos meus olhos é um rastilho de eloquência, comovo as pessoas mesmo antes de falar, extraordinário dom o meu, não te parece, Sebastião?

(Avanço pela noite tacteando palavras. Lavrando antros. As esquinas do mundo concreto tornaram-se-me abstractas. Os passos contados. O assinalar dos ruídos. Uso as palavras como semáforos. Palaluzes. Palalavras. Palalantros. A voz de um homem acelerando a fúria dos anjos barrocos, abrindo-lhes fissuras nas barrigas, revelando o pó de que são feitos. A voz de um homem despedaçando o chicote dos homens que escravizam outros homens, vértebra a vértebra. A voz de um homem desbravando a fé nas palavras, fazendo de cada palavra uma catapulta, um forno, um berço, um gesto de reconstrução do mundo. Um céu partido ao meio no meio da tarde, um céu despenhado, pedra a pedra, da voz deste homem.)

A primeira pedra da funda de David atirada — ó Roma — à cabeça do gigante, diz o nosso Purpurado Intérprete que é o conhecimento de si mesmo: *Cognitio sui*. — Grande pedra, e com razão a primeira, porque neste mundo racional do homem, o primeiro móbil de todas as nossas acções é o conhecimento de nós mesmos. As obras são filhas dos pensamentos: no pensamento se concebem, do pensamento nascem, com o pensamento

se criam, se aumentam e se aperfeiçoam; e como os filhos recebem dos pais a natureza, o sangue e o apelido, assim se recebe do pensamento todo o bem grande e louvável, que resplandece nas obras. Daqui é que, querendo louvar David as obras maravilhosas de Deus, fez o panegírico aos seus pensamentos: *Multa fecisti tu, Domine Deus meus, mirabilia tua; et cogitationibus tuis non est qui similis sit tibi.* — Sendo, pois, os pensamentos e conceitos na mente do homem tantos e tão diversos, justamente se pode duvidar de qual ou quais deles sejam filhas as obras. Todos comumente cuidam que as obras são filhas do pensamento ou ideias, com que se concebem e conhecem as mesmas obras: eu digo que são filhas do pensamento e da ideia, com que cada um se concebe e conhece a si mesmo.

A primeira coisa, e a maior que jamais se obrou, não no mundo, senão antes do mundo, foi a geração eterna do Verbo; e como foi, não feita, mas produzida, uma obra tão grande, tão imensa, tão portentosa e incompreensível? Não de outra maneira que do conhecimento de si mesmo. Conheceu Deus o seu ser, a sua grandeza, a sua infinidade, a sua omnipotência; e o parto que saiu deste imenso conceito de si mesmo, foi outro ele; outro mesmo foi e é o Verbo, tão grande, tão imenso, tão infinito, tão omnipotente, tão Deus como o mesmo Pai. A imagem mais perfeita, a proporção mais ajustada, e medida mais igual da obra, é o conhecimento de si mesmo em quem a faz. Quando Apeles pintava Alexandre, tinha na mente a Alexandre; quando Alexandre conquistava o mundo, tinha na mente a si mesmo. Na ideia de Apeles cabia Alexandre em um quadro; na ideia de si mesmo não cabia Alexandre no mundo: por isso o conquistou todo.

* * *

A uma cega nada se recusa, uma cega facilmente entra na capela dos corações alheios, por pequena que seja, e mal iluminada. Este grupo de seguidores de António Vieira vai para Salvador da Bahia, como nós. Depois continuam — Recife, Maranhão, Belém. Tinham um quarto a mais, esperavam uma escritora que deveria fazer a crónica da viagem e que, à última hora, se descartara.

— Escritoras — dizes tu, para dizeres alguma coisa, e a voz estremece-te de frio. Explico-te que eles só têm um quarto, e que lhes disse que éramos um casal. Pergunto-te se isso te incomoda, precipitas-te a responder que não, que não, a voz de repente borbulhante. Recordo-te que os quartos de casal normalmente têm duas camas. E explico-te que, se não for o caso, pedimos para trocar. E que faremos com eles o resto do trajecto. Extraordinária coincidência, termos sido chamados pelo Padre António Vieira. De certa maneira, foi ele que me levou ao Brasil pela primeira vez. O meu entusiasmo magoa-te, leio-te a ofensa na voz enquanto me dizes coisas banais e sensatas, que não crie demasiadas expectativas, que ninguém consegue regressar ao lugar onde foi feliz. Conheço muito mais do Brasil do que a felicidade, Sebastião. Como se alguém pudesse regressar ao lugar onde foi infeliz. Não se é duas vezes infeliz da mesma maneira, e ninguém é feliz de maneira nenhuma. Inventamos aquilo de que nos queremos lembrar, isso sim. Digo-te que gosto de pensar que foi para que eu me inventasse melhor que o meu amor pelo António me devorou os olhos.

— Que António? O padre?

— Outro. Falar-te-ei dele mais tarde.

— Mas o que tem esse homem a ver com a tua cegueira?

Logo te direi, Sebastião. Mas não julgues que foi o amor que me cegou. É verdade que o amor cega, paralisa, entorpece — mas apenas para tudo o que não é o amor. E tudo o que não é o amor é o mal do mundo. Não vale nada. Amei o bastante para já não temer nada. O António foi a minha última visão. Zangas-te — voz e palavras em sintonia, pelo menos isso. Queres saber se foi para ir ao Brasil ter com outro que te chamei. Relembro-te que não te chamei — apenas te disse que queria ir ao Brasil, e tu ofereceste-te para me acompanhares. Agradeço-te de novo a companhia. Quantas vezes terei de agradecer? Digo-te que o pior de ser ceguinha é ter de estar sempre a agradecer. Respondes que não sou ceguinha. Então como é que se diz, Sebastião? Invisual? Peço-te que me poupes o chá de tília.

— Eu não tenho pena de ti, Clara. É impossível termos pena de uma mulher que em menos de cinco minutos nos muda a rota, sem sequer perguntar. Se calhar tenho é pena de mim.

— Vai dar ao mesmo, a pena é contagiosa. E turva mais a vista do que a cegueira, vê se tens cuidado. Mas podes estar descansado, o António já não pode incomodar-te. Está morto, mas não me perguntes agora mais nada, não vá ele saltar do buraco dos meus olhos. Vamos ter com os outros.

Dizes que os meus olhos não são buracos, são apenas lisos. Como que alheados. Só o alheamento os torna alarmantes, sim. Um tiro no nervo óptico não desmancha o globo ocular, vê tu a minha sorte. Tão bom era o cirurgião que me operou que nem o rasto de um ligeiro desfiguramento na face me deixou. Até nisso tive sorte, o Brasil é o campeão da cirurgia plástica. Fiquei apenas com uma cicatriz na cabeça, pequena, escondida sob o cabelo. Resmungas que é difícil conseguir estar sozinho comigo. Desiste, amigo. Não me queiras de um querer tão estreito. Para solidão, basta-me o negrume constante em que vivo. E o meu riso, o riso apavorado em que choro as lágrimas que nunca mais poderei ver.

* * *

Porque estou eu aqui contigo, Clara, com esta enferrujada esperança de que talvez venhas ainda a estar comigo? Não pergunto porque te desejo tanto — não é que o desejo não tenha as suas razões, mas só poderiam cartografar-se no espaço inviável de um antes que nunca se detecta. Desejamos antes de desejarmos; somos desejados pelo desejo. Talvez estejas certa, talvez tenha sido a tua cegueira o que me atraiu para ti — o porte altivo da tua cegueira, sim, mas, acima de tudo, o desejo de me fazer amar por uma mulher que não pode ver-me. Sei que sou um homem bonito, Clara, mas não gosto do que a beleza tem feito de mim. Vou ao ginásio como outros vão à missa, para aumentar as minhas bem-aventuranças. As potências do corpo: músculos, bíceps, abdominais, nádegas, ámen. Tudo no sítio, e muita fibra ao pequeno-almoço. Deslizo sobre a superfície das coisas e os corpos das mulheres, nada de denso ou difícil me é pedido — será por isso que preciso de ti?

Pensei que ficando do lado de fora da vida conseguiria agarrar a dor pelas costas e matá-la. É que certa vez fiz uma coisa terrível. Involuntária, mas nem por isso menos terrível. Foi sem querer, balbuciamos, depois da catástrofe. Mas sabemos que essa ausência do querer não existe no universo humano. Sabemos que é porque queremos isto em vez daquilo, ou porque queremos tudo ao mesmo tempo, ou porque queremos o que nos faz mal. Sabemos a que ponto aquilo que queremos desmancha aquilo que pensamos que queremos. Sabemos, sim — mas o vulcão do querer é mais violento do que tudo o que sabemos ou pensamos. Eu não queria querer-te tanto, Clara. Repito que não quero querer-te e já te quero mais quando acabo de o repetir. O esporão da infelicidade acirra este meu querer; talvez eu saiba que não tenho o direito a ter o que quero, talvez seja essa a minha forma de me punir.

Fiz uma coisa que me deveria ter matado. Uma coisa que de algum modo me matou. Mas morrer de algum modo não é igual a morrer completamente — deixar de respirar, perder todas as delícias da existência, incluindo a de sofrer. Nesse dia em que não morri viciei-me no sofrimento, eu sei. Sei tudo o que há para saber e nem assim desisto. Um dia contar-te-ei — quando conseguir que tu me ames ou quando conseguir aceitar em definitivo o teu desamor. Clara, eu fiz uma coisa irreversível, trágica, pela qual ninguém me culpou. Sobrevivo com essa culpa, sozinho, até hoje. Sobrevivia com essa culpa, sozinho, até que te encontrei, e, como um adolescente, empurrei as culpas para o mundo, subitamente não mais do que uma mão-cheia de terra e pó debaixo dos teus pés.

O coração, os pés, as mãos, as asas, tudo vem da cabeça, que é o molde da própria fantasia. Se esta for de homem, as acções serão racionais; se de águia, altivas; se de leão, generosas; se de boi, vis.

Pedes-me que te conte agora o que vejo. Que te conte, pelo menos, a causa do meu amor por esse padre, que afinal conheces pouco. O amor não tem causa, querido amigo. Mas posso dizer-te que António Vieira era um belo homem.

— Belo?

— Sim; belo, até dessa maneira imediata que se tem como ofensa: alto, espadaúdo, de olhos amplos, vestido com uma túnica grosseira, mais parda do que preta. Dormia pouco, comia farinha de pau, lia Santa Teresa de Ávila e, sobretudo, tinha o poder de transformar o mundo através da palavra. Teve esse poder como mais ninguém, até hoje.

Ninguém? Nem Sócrates? Nem Cristo? Nem Buda? Nem os profetas? — perguntas. Queres dizer que sou uma exagerada, e é verdade. Temos de carregar nos contornos do mundo se pretendemos sacudi-lo — Vieira compreendeu-o como ninguém. Sócrates procurava o rigor do conhecimento, não a transfiguração do universo. Os líderes espirituais e os profetas fazem da palavra uma trincheira ou um jardim, não um engenho para caminhar no escuro, como fez Vieira. E Cristo, meu querido, que eu saiba, não deixou nada escrito, deixou que escrevessem por ele os homens, que sempre têm trinta versões para a mesma história. Deixou a palavra escrita aos homens — talvez por amor, até acredito que sim, como prova do amor extremo, que actua através do silêncio para não ser confundido com uma demanda de gratidão. Cristo deixou aos homens o arbítrio e o triunfo da palavra escrita. Para que o entendessem, e entendessem a arbitrariedade das coisas do mundo, usou a parafernália dos milagres. Até os seus discípulos precisaram dos milagres para o seguirem.

Vieira não precisava de nada nem de ninguém. No fundo, acho que lhe bastava a consciência de que tinha Deus dentro de si — ou a eternidade, ou o conhecimento, como preferires. Era um precursor; fervia-lhe no peito uma verdade e só com ela tinha ligação. Essa verdade libertava-o da dor comum; sentia as injustiças e ofensas — e não foram poucas as que lhe fizeram. Vingava-se, convertendo em palavras escritas a experiência da mesquinhez humana. Vingava-se, gritando do púlpito esses sermões irados, consciente de que não conseguiria reformar os costumes do seu tempo, mas ainda mais consciente de que esses textos, ateados por uma raiva íntima e incendiados pela lucidez genérica que consagra as paixões particulares, lhe sobreviveriam. Trabalhava como se vivesse no futuro — e por isso escreveu coisas que ainda hoje são arrumadas no altar dos prodígios, e adoradas pelo exterior do seu entendimento. Eu própria o adorava assim, pela pintura do texto e pela música da sintaxe, aquele amor reverente, escolar, cheio de presunção e desconhecimento, que se vota às ruínas do passado. Até que me apareceu outro António, o António que trouxe Vieira para dentro da minha vida — mas ainda é cedo para essa confidência. Como poderei falar-te, a ti, menino solene, mimado pelo aborrecimento do universo, desse olhar impermeável à ofuscação das lágrimas, o olhar de uma criança sem tédio?

O círculo do tempo pára numa nova idade barroca, trabalhamos o supérfluo, a ideia de arte vale mais do que a arte, a ideia de cultura separa-se da cultura possível e particular de cada um, em rendilhados infinitos, citação da citação da citação, fragmento do fragmento do fragmento, intermitências de luz cosidas em brocados de sombra, a religião da ironia substituindo perfeitamente a religião dos deuses. Tornas a dizer que exagero, que há uma diferença essencial entre o livre arbítrio e a sujeição a livros sagrados, entre o ritual da irrisão e o ritual da oração — mas, talvez porque estou cega, ouço um mesmo rasgar de sedas, um mesmo uivar de andrajos, um mesmo pavor animal gemendo sob a aparência humana. Pois não sentes a irracionalidade que grita no desejo de dominação humano? Não sentes a sede de domínio atrofiando todas as possibilidades de prazer? Não sentes que temos a cabeça a prémio?

Não me entendes, caríssimo Sebastião; dizes que misturo tudo. Dizes que é incomparável a liberdade de que hoje dispomos para imaginar, escolher, criar, viver. Pelo menos na nossa civilização, dizes. E eu rio-me do que tu dizes, e tu zangas-te com o meu riso, cuidando, como tanto se cuida naquilo a que chamas a nossa civilização, que me rio de ti. Querido Sebastião, rio-me porque aquilo a que chamas a nossa civilização ainda nem sequer começou. Importa-me a liberdade, sim, mas vejo que a usamos ainda e apenas como uma outra espécie de grilhão. Vestimos a liberdade como outrora vestíamos a submissão; ela não é mais do que um traje de baile, com um *carnet* em que apontamos os nomes daqueles com quem dançaremos para brilhar diante dos outros. Democratizou-se o anseio de estatuto, mas não conseguimos ainda sair dele. É isso que vejo, Sebastião.

Som e sentido, continente e conteúdo dilacerando-se, hoje como sempre, até que nada reste sob a superfície hiperbólica da realidade. Dizes que aquilo a que eu chamo estatuto pode também chamar-se ânsia de eternidade. Mas eu vejo tão pouca eternidade nos sonhos das pessoas, Sebastião. A eternidade que somos conduzidos a aspirar é a da juventude — o lugar mais rápido, inseguro e variável da existência humana. O lugar do querer ser. Não vês o contra-senso que isto representa? A violência? A prisão?

Não, não vês, como eu não via. Pertencer a um país que de antigo se tornou velho também não ajuda a ver. Só através dos olhos desse António que veio do Brasil eu comecei a ver. Nos olhos dele aprendi a ler Vieira, como no seu corpo aprendi a saborear o desejo infinito, o desejo como experiência da eternidade. Para essa experiência não tenho palavras. Nem sequer silêncio. Dessa experiência, sobrou-me o que sou.

A tudo o que te vou dizendo sobre a superfície lisa do Barroco e a superfície barroca do nosso tempo aparentemente liso respondes-me com o discurso contemporâneo do progresso relativo, a música electrónica do humanismo de salão. Tolerância, dizes, tudo passa pela educação para a tolerância. Sim, Sebastião, és um homem de bem, de esquerda, um guardador de valores perdidos e de amanhãs desvirtuados. Lindo menino. Antes a tolerância do que as fogueiras da Inquisição, dizes tu. Bem sei que as comparações acalmam — também para isso me fazem falta os olhos. Mas se reparares, bom Sebastião, o cadáver da Inquisição ainda revolve a terra em que pretendemos tê-lo enterrado.

Às vezes cansa-me falar contigo, Sebastião, tens as ideias demasiado arrumadinhas, como numa vitrine, proibido tocar. Portugal está cheio de gente assim, parece um museu de frases consensuais pronunciadas por gente de olhar escorregadio. Porque será assim inclinado o olhar dos portugueses? Vício de guerreiros, ardil de resistência aos cercos, excesso da imaginação? Tu que ainda tens olhos, Sebastião, repararás que os brasileiros, em geral, te olham nos olhos quando falam contigo. Esse olhar franco poupa muitas palavras, para o melhor e para o pior. Existe uma empatia imediata, que até da antipatia faz uma questão de lealdade. António Vieira olhava assim, com uma frontalidade bruta, de precipício. Olhava para o futuro e não tremia, lançava o pensamento sobre as muralhas do mundo, fixado no azul do céu. Era um pensamento irrequieto, incessante, incontrolável, o seu. Mas foi a arte que o safou.

— Safou-o de quê?

— Do esquecimento. A Inquisição bem tentou — e a dada altura conseguiu amordaçá-lo, mas não conseguiu queimar-lhe os escritos. Aí estão, até hoje, encandeando-nos com o seu esplendor ainda indecifrado.

— Exageras; o Padre António Vieira é estudado nas escolas.

— Meia dúzia de textos, sim — sempre os mesmos, e os mais circunstanciais. Essa é a forma contemporânea de agrilhoar um autor: interpretar-lhe um pedaço da obra até à última letra, sugar-lhe a matéria temporal, estendê-la em cátedras até lhe esgotar o sopro. Compará-lo, medi-lo, debitá-lo — e esquecê-lo.

— Tu não o esqueceste.

Não, Sebastião, não o esqueci, e também por isso não sei dizer-te quem ele é; digo-te que é belo, esperando que isso te perturbe e te irrite e te conduza até ele, se for esse o teu caminho. Sei que lhe devo a raiva, a constância, e, acima de tudo, o privilégio da alegria. Mais uma vez, respondes que me invejas. Estou cansada da tua inveja de cartolina, Sebastião; peço-te que não estragues com graças pequenas a Graça do que partilho contigo.

— Não sabes a Graça que há nas graças pequenas. Não sonhas como preciso dela.

— Dá-me a tua mão, e guarda nela agora o meu silêncio.

Há de servir o corpo ao próprio conhecimento, como o aço no espelho serve à vista: o aço serve à vista, porque rebate e lança de si as espécies de quem se vê ao espelho; de maneira que o mesmo que impede o conhecimento directo serve ao conhecimento reflexo. Assim é no homem o conhecimento de si mesmo: se pára no corpo, ignora-se; se reflecte sobre a alma, conhece-se; saia logo do corpo, e sacuda-se do pó, se quer conhecer-se: ***Si ignoras te, egredere.***

E se alguém me perguntar a razão desta filosofia, por que o homem visto pela parte do corpo se ignora, e visto ou considerado pela parte da alma se conhece, a razão clara e fácil — posto que pareça injuriosa — é porque quem vê o corpo vê um animal, quem vê a alma vê ao homem.

Estamos já no avião, no avião onde me levas para um mundo que te recusas a desvendar-me. Os teus dedos agitam-se como fios de luz sobre o teu outro pulso. Folheio uma revista, para conter a tentação de agarrar cada um desses teus dedos pequenos, irrequietos, irresistivelmente pragmáticos. Pergunto-te o que fazes, respondes-me que vês as horas. Explicas-me que levantas a patilha do relógio e lês as horas com as pontas dos dedos. Perguntas-me se nunca tinha visto um relógio para invisuais. Ris-te sempre que dizes a palavra invisuais. O teu riso é a minha música favorita, Clara, mas não posso dizer-te isto, deixavas logo de rir. Estás nervosa. Respiras fundo. Pergunto-te se tens medo de voar, respondes com uma frase do Padre António Vieira, "não há que temer onde não há temor", dizes que não há tranquilidade maior do que a de viajar com fantasmas, e que, se o avião cair, esperas que o teu anjo António Vieira te conduza ao Paraíso, apesar dos teus mil pecados. Se o avião cair, Claríssima, pelo menos morro contigo, eu nem sequer tenho medo de morrer, mas não é isso que te digo, pergunto-te se achas que os tipos abrem as portas a ateus, mas pergunto-te esta parvoíce só para não ficar calado, só para tu não perceberes o meu pavor, o meu amor, a comoção de estar assim contigo a voar para não sei onde, para os braços do teu amante morto, para o colo do teu Padre Eterno, para dentro e fora de ti ao mesmo tempo, eu sei que tu não és ateia, Clara, acreditas em tudo, só não acreditas em mim.

— Eu não me defino como ateia, seria uma enorme arrogância. Com tudo o que desconheço sobre o céu e a Terra, como posso declarar a inexistência dos deuses? A religião de Vieira não me parece boa companhia, como aliás não foi para ele — mas estou certa de que, no céu de Vieira, podem entrar mesmo os que não sejam da sua fé, desde que tenham procurado ser justos.

Proponho-te que adiemos essa entrada no céu, aproveitas para meter conversa com a senhora do grupo que está sentada do teu outro lado; não sei onde vais buscar essa tranquilidade olímpica, ainda não acredito que tenhas conseguido introduzir-nos na excursão com tanta facilidade, sinto-me um intruso, Clara. Perguntas-me:

— Como no filme do Visconti?

Que filme do Visconti, Clara, parece que viste todos os filmes do mundo, estou sempre em falta, sei sempre menos, não, Clara, não vi *O Intruso*, conta-me. E tu contas que o filme é sobre um casal que tem um filho e o marido faz tudo para se livrar da criança, sente-se intimidado e roubado pelo filho. Digo-te que tudo isso me parece muito dramático, enquanto dramaticamente penso que não me importaria de ter um filho teu, Clara, eu que nunca pensei em ter filhos, e, vê lá tu, sinto o contrário do homem desse filme, nem que amasses essa criança mais do que a tua própria vida eu ficava feliz, Clara, pelo menos era uma parte de mim que amavas, pelo menos terias suspirado de prazer no meu corpo, pelo menos não seria só o teu cão-guia, Clara.

— Sinto-me um intruso, sim, mas de uma espécie mais ligeira. Menos mal.

— O menos mal é parte do bem, Sebastião.

E voltas a dizer que a oportunidade é perfeita, que andavas há anos a congeminar nesta ideia de refazer o percurso de António Vieira e que agora encontrámos os guias adequados. Depois pedes-me que te ajude a seguir o filme que começa a passar nos ecrãs do avião. E eu descrevo-te as imagens do filme, invento mais do que conto, perdido no desejo dos teus dedos.

Pinta-se o amor sempre menino, porque, ainda que passe dos sete anos, como o de Jacob, nunca chega à idade de uso de razão. Usar de razão e amar, são duas coisas que não se ajuntam. A alma de um menino que vem a ser? Uma vontade com afectos, e um entendimento sem uso. Tal é o amor vulgar.

Tudo conquista o amor quando conquista uma alma; porém o primeiro rendido é o entendimento. Ninguém teve a vontade febricitante, que não tivesse o entendimento frenético. O amor deixará de variar, se for firme, mas não deixará de tresvariar, se é amor. Nunca o fogo abrasou a vontade que o fumo não cegasse o entendimento. Nunca houve enfermidade no coração que não houvesse fraqueza no juízo. Por isso os mesmos pintores do amor lhe vendaram os olhos. E como o primeiro efeito, ou a última disposição do amor, é cegar o entendimento, daqui vem que isto, que vulgarmente se chama amor, tem mais partes de ignorância; e quantas partes tem de ignorância, tantas lhe faltam de amor. Quem ama porque conhece, é amante; quem ama porque ignora, é néscio. Assim como a ignorância na ofensa diminui o delito, assim no amor diminui o merecimento. Quem ignorando ofendeu, em rigor não é delinqüente. Quem ignorando amou, em rigor não é amante.

Seguimos directamente do aeroporto para o Museu da Bahia, não há tempo para ir ao hotel porque a directora está já à nossa espera. O Museu está fechado para remodelação, mas vão abri-lo de propósito para o nosso grupo. À porta do autocarro aguarda-nos um jovem mulato, alto, espadaúdo, que se apresenta como Marcos, nosso guia, esclarecendo imediatamente que é também professor de inglês e professor de culturas afro-brasileiras. Acima de tudo, orgulha-se de ser descendente do rei de Oyó, um reino que corresponde hoje ao Leste da Nigéria, um rei que foi trazido para o Brasil como escravo e fundou um dos quilombos mais antigos da cidade. Perguntas o que é um quilombo; um dos membros do grupo, especialista no sincretismo religioso da Bahia, explica-te que se trata de um bairro de negros libertados. A voz cantada de Marcos desenrola um compacto histórico em versão turístico-subversiva:

— Oi, gente, peço a atenção de vocês, por gentileza. O atraso do Brasil, minhas senhoras e meus senhores, considerado entre os países ditos subdesenvolvidos, se deve ao pouco tempo transcorrido desde o *terminus* da escravatura, no final do século XIX. E me perdoem, mas percebi que cês estavam seguindo pela janela aquilo a que chamavam favela. Ora, favela é um termo do Rio de Janeiro, porque os negros construíam suas casas nos morros, onde havia a árvore das favas, assim denominada de favela. Aqui esse termo não se aplica. Nesse interim, vos peço que observem esses edifícios de luxo, cujas traseiras dão acesso a praias privativas, às quais apenas os moradores, gente muito rica, pode aceder. Aqui têm os duros contrastes sociais existentes nessa nossa tão bela cidade.

Nos bancos do autocarro cada um tem a sua interpretação:

— A fragilidade do Brasil é essa. Olha-se para estes fantásticos condomínios fechados ou para os helicópteros particulares que sobrevoam a miséria de São Paulo e tem-se um tratado de sociologia política pronto. O Brasil é um verdadeiro paraíso para o fundamentalismo sociológico — diz um homem de meia-idade.

— Em última instância, fazendo contas à pobreza extrema e ao luxo ostensivo, o que se estranha é que a criminalidade não seja até muito mais galopante — porque em verdade vos digo que, ao contrário do que muito se estremece a partir do fanadito sofá europeu, pode perfeitamente passear-se à vontade em muitas zonas do país, incluindo o Rio e São Paulo, com uma sensação de perfeita segurança — diz uma mulher jovem.

— Seja lá isso o que for — responde uma mulher menos jovem, encolhendo os ombros.

— Sim, seja lá isso o que for — torna a jovem, agora mais complacente. — O problema das análises é sempre esse: o ser humano insiste em escapar ao grilhão do estereótipo. Os despojados da Terra não são vingativos em uníssono, como confortavelmente nos imaginamos, no lugar deles.

E uma outra figura feminina, de idade indefinida, integralmente vestida de branco, acrescenta:

— Se bem que a matilha é o princípio da vingança. Mesmo o vingador solitário traz uma matilha ululante dentro de si.

Escutas estes comentários com um sorriso sereno, dizes que te agrada a música das vozes sobrepostas, a melodia das conversas de circunstância. Que dantes não ouvias, não davas valor. Por isso gostas tanto de viajar em grupo. Compões com a soma das vozes uma tela cubista — provavelmente até mais grosseira, porque cada grupo cria uma personalidade própria, uma coisa estranha. Como se cada pessoa batesse o tacão dos seus melhores sapatos. Sim, Clara, às vezes nem se ouve ninguém porque todos batem o tacão ao mesmo tempo. Repontas que o mais interessante acontece quando alguém atira os sapatos ao ar, porque sente os pés a arder... Ou, digo-te eu, porque se deixa embriagar com o sapateado geral sobre o palco. Mas não creio que isto aconteça com este grupo. É tudo gente que já tem muito caminho andado, e aprecia a difícil harmonia das coisas. Torna Marcos, sobre o burburinho:

— Senhoras e senhores, se me permitem monopolizar durante uns breves segundos os favores da sua atenção, queria lhes dizer que durante o século XIX esta magnífica cidade de São Salvador da Bahia foi assolada por uma epidemia de cólera, durante a qual vinte e três por cento da população veio a óbito.

— Veio a óbito — repetes. — Deliciosa expressão para uma realidade terrível. É por isso que eu gosto do Brasil: aqui, as pessoas, mesmo mortas, ainda vêm a alguma coisa.

Sim, pelo menos no dizer turístico, ressalvo, num dizer sarcástico de aspirante à tua consideração. Retorques de imediato:

— Que tudo tenha um modo turístico de ser dito, torna-nos a vida mais leve.

Pelo menos enquanto formos turistas, friso eu, tentando aguentar a tua velocidade.

— Que somos, senão turistas? — perguntas. — Presumimos tanto, e não somos mais do que isso: turistas flanando à superfície da terra durante umas décadas.

Marcos exorta-nos a que nos preparemos para sair do ônibus para o Museu, cuja diretora nos aguarda. Já caiu a noite, num minuto, nem demos pela queda. A natureza poupa este lado do mundo à morte quotidiana do crepúsculo. A noite desaba sobre o dia como se fosse apenas o seu forro de seda escura, o seu lençol frio, a sua libido. Clara, se ao menos tu entendesses a angústia dos meus crepúsculos. Sorris, trocista, replicas, muito depressa:

— Nessa angústia já ninguém me apanha; tudo tem as suas vantagens.

Como posso pedir-te que saias do teu desespero para entrares no meu? Sejamos, pois, completamente turistas, como queres; um bando de gente condenada à mortalidade, em busca de motivos de atordoamento. Os museus são anestesias inócuas, poupam-nos a mágoa do esquecimento, iludem-nos o caminho para o fim. Pelo menos cansam-nos, acrescentas tu. Afirmas que uma das vantagens da cegueira é a de aprendermos a apreciar o cansaço físico — essa sensação de combate com o peso do corpo que as pessoas em geral desdenham. Querida Clara, pareces-me de repente tão adolescente, com o teu catálogo das vantagens da cegueira. Mas claro que não te digo isto. As listas acalmam, ou, pelo menos, entorpecem os sentidos, calam o inexorável avanço dos relógios. Como os museus.

Começamos a ser pastoreados por salas recheadas de quadros e mobílias, a diretora vai narrando como se foi constituindo o acervo do Museu, a partir de várias coleções particulares do século XIX progressivamente adquiridas pelo Estado. Explica-nos que entre elas avulta uma importante coleção que reúne os principais representantes da Escola Bahiana de Pintura, dos séculos XVIII e XIX. Procuro-te, afastaste-te do grupo, vagueias com os braços ligeiramente erguidos em torno do corpo, olho para ti, Clara, para os teus olhos vagos no meio da profusão das telas, sugiro-te que te aproximes mais, para ouvires, respondes-me que ouves melhor do que o comum dos mortais e que preferes afastar-te e farejar a atmosfera. Dizes que a senhora é uma óptima explicadora, mas não consegues memorizar tudo — e, que, de qualquer forma, agora, infelizmente, a pintura te passa ao lado. A diretora do Museu fala das estatuetas de santos católicos que revelam o maravilhoso dom de interpretação escultórica de anônimos santeiros baianos. A senhora de branco afirma que o anonimato é o verdadeiro esplendor da arte. Comove-a pensar nos artistas que despendiam meses, às vezes anos, a criar estas peças belíssimas só pela alegria de as conceberem, sem as utilizarem como espelhos de ampliação de si mesmos. Tu aproximas-te, e dizes:

— Utilizavam a arte como uma escada de acesso ao céu. O sucesso era então uma medida celeste.

O que facilitaria muito a vida na Terra, comento, mais uma vez só para dizer alguma coisa a que possas achar graça. Esta conversa sobre as nobres motivações de outras eras face aos vis objectivos do presente tem o condão de me enervar — não sentirão o odor do sangue e das lágrimas dos escravos, o ruído do chicote e da barbárie por detrás destas maravilhas? Alguém acrescenta que a arte seria então a expressão máxima do amor, e nisto uma voz potente declara: "*Definir-se e arder, isso é amar.*" Não sei de onde veio esta voz, a diretora fala agora da remodelação em curso das instalações e dos modernos conceitos de museografia que vão adotar. Murmuras que os museus são uma invenção estranha, que se vêem e esquecem, como os mortos dos outros. A não ser que selecciones meia dúzia de objectos para visitar, contraponho eu, neste jogo de positivo-negativo que entretenho com a armadura do teu coração. Os nossos mortos particulares, acrescentas tu, mortos que demoram mais a conhecer que os nossos vivos. Alegas que já tens os teus, e por isso não chegas a ter uma saudade sincera da vista.

— De que tens então saudades? — pergunto-te.

Respondes que do corpo de um homem que já não poderias ver, mesmo que visses.

Quatro ignorâncias podem concorrer em um amante, que diminuam muito a perfeição e merecimento de seu amor. Ou porque não se conhecesse a si, ou porque não conhecesse a quem amava, ou porque não conhecesse o amor, ou porque não conhecesse o fim onde há de parar amando. Se não se conhecesse a si, talvez empregaria o seu pensamento onde o não havia de pôr, se se conhecera. Se não conhecesse a quem amava, talvez quereria com grandes finezas a quem havia de aborrecer, se o não ignorara. Se não conhecesse o amor, talvez se empenharia cegamente no que não havia de empreender, se o soubera. Se não conhecesse o fim em que havia de parar amando, talvez chegaria a padecer os danos a que não havia de chegar, se os previra.

* * *

— Um museu de belas-artes, que bom. Estou farta de museus de artes plásticas.

A praga das pessoas rotulantes agrava-se com o crescimento do turismo. A voz esganiçada desta mulherzinha, combinada com o toc-toc dos seus saltos altos, arranca-me de mim mesma. E ouço-me a contrapor — que pena não poder ver a flor do teu escândalo, Sebastião:

— Não concordo. A liberdade é mais importante do que a beleza, e as artes plásticas são uma questão de liberdade. Pense um bocadinho nisto, se não a cansar muito.

Em boa hora falei; abre-se diante de mim um poço de silêncio celestial. Com uma cega não se discute estética, Sebastião. Todo o infortúnio reserva as suas delícias. Informas-me de que estamos diante de uma pianola-costureira, um dois em um de piano e caixa de costura, do século XIX, e que posso passar-lhe a mão. Uma geringonça que permitia tocar piano e coser meias, um verdadeiro concentrado da existência feminina. Num Museu de Arte Contemporânea um objecto destes seria exposto como uma instalação assinada, uma obra irónica. Aqui é apenas histórico, ou seja, presente. Profundamente melancólico. Avisam-nos de que à nossa direita se encontra uma escrivaninha singular, com gaveta de segredo, para guardar notas. Ou cartas de amor, talvez.

"Meu amor imperturbável como o riso das estrelas, asseveraste-me que o tempo tudo cansa e descansa, mas as horas rolam devagar sobre os dias, os dias sobre os anos e só o espelho me prova, na sua crueldade de masculino aço, que o tempo passou sobre o silêncio aparente de nós dois. Nem sei como sobrevivo a este apartamento dos teus braços; sei só que deliro em redor da tua imagem no meu cérebro.

Dizem que é no coração que o amor se crava e oculta, com punhais de corsário, mas deste meu coração de pedra não corre fio de sangue nem há escara de tempo que o desmanche. Em vez de coração, tenho a estátua do teu rosto cintilando, como jóia no alto do corpo. Esses brevíssimos e antiqüíssimos dias em que o teu rosto tinha o molde das minhas mãos e a tua pele bebia na minha o prazer da eternidade consumada refluem na minha cabeça como as páginas de um livro circular. As lágrimas que em segredo vou chorando resultam apenas desse contínuo atrito entre as esferas dos meus olhos e a esfera do livro dos dias do nosso amor.

É tudo cérebro, extremos do pensamento concentrado, porque não noto em mim nenhuma mágoa, nem a tristeza oficiosa das mulheres corrompidas pela culpa, nem instintos de revolta ou vingança, desmaios súbitos, profundos ais, nada de nada. Vivo do teu amor que não tenho como outros vivem do ar que têm, sem dar por ele."

Os olhos ouvem-se — as retinas turísticas rodam, atordoadas, de tela em tela, de vitrine em vitrine. No silêncio desses olhos múltiplos, sobrecarregados de informação, ouço um rodar de gonzos, minimal, um rrrrrr de indigestão visual, um zzzz de circuitos em alarme de curto-circuito. Muito para ver em muito pouco tempo — eis um problema existencial que já não tenho. Mas os olhos dos outros pesam sobre a ausência dos meus olhos. Eles olham para os quadros e eu sinto-me olhada por não saber olhar. Explicam-nos que a pintura européia poderá ser apreciada ao longo deste percurso, destacando-se obras de grande beleza plástica como a *Vista do Porto de Salvador, no séc. XIX*, do artista J. Leon Righini, além de várias obras da Escola Italiana, a exemplo de *David e a cabeça de Golias*, de Caravaggio e *Beatriz Cenci*, de Guidi Reni.

Perguntas-me se não estou cansada. Sim, estou cansada, mas gosto da sensação. Ouço "Caravaggio" e sinto a sua luz brutal percorrer-me o corpo. Com o sotaque brasileiro ainda é melhor, Sebastião; a forma como a senhora disse "Caravaggio" é todo um programa de luxúria.

Nunca tinha estado neste museu, mas o cheiro da cidade é-me dilacerantemente familiar. O peso dos olhos dos outros começa a deslaçar-se, sinto um outro olhar, como se das paredes que não vejo alguém me abraçasse com os olhos, lentamente. Não te esqueças de que já aqui estive, Sebastião. Queres que te conte tudo. Digo-te que te contarei logo à noite, agora há demasiada confusão. Estou cansada, estoirada, e no entanto sinto o afago de um olhar poderoso, algures nesta casa. Dizes-me que estamos diante do retrato do meu Padre. Eu sabia que ele estava nesta casa; eram os seus olhos o que sentia.

— *Se lançarmos os olhos por todo o mundo, acharemos que todo ou quase todo é habitado de gente cega.*

— Que dizes?

— Eu não disse nada, Clara.

— Então é ele.

— Ele? Divagas. Temos que ir andando, a excursão já vai lá adiante.

— Eu não quero excursionar. Deixa-me falar com ele.

— É extraordinário. Estás mesmo a olhar para o retrato do teu Padre.

— Não; extraordinário seria que não olhasse. Eu não vejo, Sebastião, mas não sou tão cega como pensas. Vai tu ver o que há para ver no mundo das coisas expostas, depois conta-me. Deixa-nos estar.

Deste discurso se segue uma conclusão tão certa como ignorada, e é que os homens não amam aquilo

que cuidam que amam. Por quê? Ou porque o que amam não é o que cuidam, ou porque amam o que verdadeiramente não há. Quem estima vidros, cuidando que são diamantes, diamantes estima, e não vidros; quem ama defeitos, cuidando que são perfeições, perfeições ama, e não defeitos. Cuidais que amais diamantes de firmeza, e amais vidros de fragilidade; cuidais que amais perfeições angélicas, e amais imperfeições humanas. Logo, os homens não amam o que cuidam que amam. Donde também se segue que amam o que verdadeiramente não há, porque amam as coisas, não como são, senão como as imaginam, e o que se imagina e não é, não o há no mundo.

Peço-te que me mostres o nosso quarto, Sebastião. O nosso quarto, sim, repetes. O roupeiro ao lado direito da porta, a casa de banho ao lado esquerdo. Assim não, Sebastião. As palavras não servem, neste caso. Leva-me pela mão a cada coisa, deixa-me enumerar os passos, situar-me. Não precisas de dizer nada, mostra-me só com a mão. Devagar. Para que eu aprenda a reconhecer os cantos e a mobília.

Perguntas-me que cama prefiro. Sugeres a que fica mais distante da varanda, por causa do barulho. Mas tanto me faz, Sebastião. Perguntas se quero que me desfaças a mala. Zango-me. Estás doido? Não sou uma criança. Livra-te de mexeres nas minhas coisas. Nunca suportei isso, e agora menos ainda, a invasão do paternalismo dos outros cresce à medida que nós diminuímos aos olhos deles. Afirmas que vivo obcecada com o fantasma do paternalismo. E que não há ninguém menos diminuído do que eu, aos teus olhos. Respondo que o teu... carinho por mim é uma forma de te agigantares a ti mesmo. Um exercício de magnanimidade. Alegas que eu é que te diminuo, e de uma forma que não mereces. Juras que não é por eu ser cega que tu gostas de mim. Sustento que aí está uma coisa que nunca poderemos saber na verdade. Uma coisa que, aliás, é sempre mentira.

Pergunto-te se alguma vez leste *Belle du Seigneur*? Respondes-me que não, digo-te que devias, porque é um tratado científico em forma de romance sobre a crua impiedade do amor. Um dente a menos — e quem diz um dente diz um braço, uma mama, ou um olho — e lá desaparcce o fascínio. Ou vice-versa. Indago se pelo menos leste o *Couples*, do John Updike, respondes-me que sim, que esse leste. Sublinhas: "Pelo menos esse, como tu dizes." Estás irritado comigo.

Recordar-te-ás então de que nesse livro existe um homem que se apaixona pela mulher de um vizinho, que conhece já grávida, e a páginas tantas começa a temer que aquele amor se esfume quando ela deixar de estar grávida. Sublinhas que recordas também que o bebé nasce e mesmo assim ela acaba por se separar do marido e ficar com esse homem, que, por conseguinte, continua a gostar dela. Pela força afrodisíaca do interdito, contraponho, muito depressa, sabendo que estou a dizer uma balela. Depois da mulher se separar do marido caiu o famoso interdito, mas o fundamental agora é não perder esta batalha intelectual contigo, nunca perder, não posso perder mais nada. Repito que a atracção entre as pessoas — seja ela amor ou amizade — está presa por detalhes físicos muito específicos. Faço-te notar que aquilo que te aproximou de mim foi a minha cegueira. Existe a atracção pela deficiência, e não é diferente da atracção por um corpo escultural.

Para te fazeres engraçado (e não imaginas como odeio isso em ti, Sebastião, a provação que é gostar de ti apesar desses pormenores odiosos), argumentas que pelo menos a deficiência permanece. Peço-te que não sejas bruto. E declaro que um dia destes posso até ficar entrevadinha. Respondes muito depressa que também tu podes ficar deficiente de um momento para o outro. E que não podemos saber se eu gostaria de ti se te pudesse ver. Eu vejo-te, Sebastião. Vejo-te muito bem. Acaricias-me o rosto enquanto me perguntas se a deficiência vem sempre acompanhada por uma dose industrial de arrogância, ou se esse é só o meu caso particular. Pergunto-te como podes dizer uma coisa tão rude ao mesmo tempo que me acaricias o rosto. Perguntas-me se eu quero que me digas as palavras que de facto me querias dizer enquanto me acaricias o rosto. Não, Sebastião, não quero, respondo-te, enquanto fujo dos teus dedos. Pedes-me que não te fuja. Juras que não me vais fazer mal. Esclareço que não estou a fugir, apenas quero ir à varanda fumar uma cigarrilha. Espanta-te que eu fume, dizes que posso fumar no quarto, que isso não te incomoda. Incomoda-me a mim, Sebastião. Posso viver no meio do fumo, mas para sonhar preciso de ar limpo. E apetece-me apanhar ar. Vens comigo. Está calor, na varanda, um calor verdadeiro e leve como os braços de uma criança, cheio de energia. Lembras-me que prometi contar-te tudo, esta noite. Tudo, Sebastião, não sei se alguém consegue contar.

Começas a fazer-me perguntas concretas, de jornal: quando é que aqui estive, como, com quem. Digo-te que cheguei a Salvador perdida de amores. O vírus do humor de sacristia ferra-te: "Ah, temos festa... e eu a pensar que te conhecia." Ninguém conhece ninguém, Sebastião. Temos uma ideia dos outros, temos aquilo que cada um nos deixa ter. Eu não gosto de falar do passado. Gostaria de pensar que houve uma vida velha e que esta, a minha vida nova, revela um sacrifício que é meramente físico. Gostaria de romancear a minha limitação, de me reconstruir como heroína predestinada. Se acreditasse verdadeiramente num Deus, diria que fiquei cega para conseguir valorizar o escuro e o silêncio, o não saber o caminho. Gostaria de poder dizer que sinto que, de certa maneira, agora vejo melhor. Até é verdade, mas não é uma verdade redentora. Olho para dentro, vejo o interior das coisas, que dantes me escapava. Por isso estou tão farta da universidade, desse antro de egos enfunados que é o nosso pequeno mundo, tão cheio da cegueira da vaidade, da miopia voluntária da inveja.

Lembras-te de quando nos conhecemos, Sebastião? — pergunto-te, procurando ganhar tempo e espaço para te revelar isso que não sei se sei contar. Lembras-te: foi à saída da cantina da universidade, há quatro anos. Eu vinha carregada de livros, óculos escuros e sem bengala, apenas com o Mondego ao lado. Nunca pensaste que não me fosse possível vislumbrar a cena à minha frente. Tão estranho, não é? Um homem a bater-te, a roubar-te e a única pessoa que aparece àquela hora é precisamente a que não te pode ajudar. O Mondego ladrou, sim, mas nunca se afastaria de mim. É um bom cão-guia. Ainda hoje me pergunto como é que o homem ali foi parar e o que é que esperava roubar numa cantina de universidade. Roubou-te a carteira, o relógio e o fio de ouro que a tua mãe te dera quando terminaste o liceu. E eu calada, estática, sem perceber nada. Dizes que foi, como no filme, o princípio de uma grande amizade, porque quando percebeste a minha... deficiência ("Ofende-te?" — "Não, Sebastião, não me ofende.") ficaste na aflição dos mortais favorecidos e fizeste tudo para desvalorizar o roubo. És um cavalheiro, Sebastião.

Devias ter percebido que, onde eu apareço, emerge a cauda do caos. Atraio assaltos. E assassinatos. Quem se aproxima de mim desencadeia as Fúrias — talvez pelo desejo de desordem que sempre ocupou no meu coração o lugar do desejo de poder. Voltas ao ataque: relembras-me que isso foi há quatro anos, e que desde então eu fujo às tuas perguntas com a agilidade de um atleta olímpico. Agora que estou presa neste quarto de hotel, dizes, tenho de te contar. Presa, eu? E quem é o meu carcereiro, tu, pobre Sebastião?

Está bem. Conto-te. Conto-te o que posso contar. Foi a três quarteirões deste hotel onde estamos, num bar chamado Beleza Pura, como a canção do Caetano. Vim para a Bahia atrás daquele que o meu desejo me dizia ser o homem da minha vida. Conhecemo-nos na universidade, um seminário internacional. Ele tinha um desses rostos picantes, descoordenados, nariz enorme, boca pequena, olhos cavados como poços de água escura. Tinha também aquela irresistível voz grave de quem fuma muito. Era especialista em literatura portuguesa — no meu querido António Vieira, mais especificamente — e eu, jovem assistente, ouvia-o falar dos textos de Vieira como "engenhos futurantes" ou "máquinas de fabricar futuro", explicar a racionalidade interior das suas profecias, inflamar-se, no seu púlpito académico: "Rasguem as vestes do tempo, o véu do divino, e façam rodar o núcleo duro desses textos, o diamante do seu sentido, dentro de vocês. O Quinto Império que Vieira sonhou é uma prefiguração do mundo sem fronteiras que hoje pretendemos construir, um presságio desse modelo de Estado social que hoje procuramos."

Quando dei por mim estava perdida no nebuloso e exaltante Horto da paixão. Um toque dele, um breve esboço de um beijo... era uma tortura. Ele explicava-me que António Vieira fizera implodir as convenções da escrita e do pensamento da sua época, honrando a razão humana através de uma ousada dissecação ou distorção dos textos sagrados, e eu sentia-me implodir por dentro. As palavras dele tinham um efeito directo de ebulição sobre o meu corpo. Na antevéspera do fim do seminário fomos jantar, e acabei por o abraçar, em desespero, dizendo-lhe que não aguentava mais. Eu tinha tido alguns namoros, nada de especial. Nessa noite, com ele, percebi que o sexo podia ser muito mais do que prazer, uma verdadeira antecâmara da eternidade. Ou do Quinto Império, replicas tu, nervoso — e pateta, como sempre que ficas nervoso. Troça à vontade, Sebastião. Eu queria ficar para sempre com aquele homem. Chamava-se António, como o meu Padre, sim. Um nome vulgar. No fim da primeira noite, ainda na cama, leu-me poemas de Ana Cristina César, um livro que trago sempre comigo: *A Teus Pés*. É estúpido trazer o livro comigo, como algumas pessoas transportam as fotografias dos maridos, dos filhos. Eu não me separo deste livro que já não posso ler, porque ele mo deu, porque é a única coisa que me resta.

Fui levá-lo ao aeroporto, lavei as ruas de Lisboa com lágrimas e ranho, desfiz-me de saudades. A tortura era tal que, uma semana depois, apanhei um avião para a Bahia. Não o avisei da minha chegada, não tinha como. O telemóvel estava desligado, da Universidade diziam-me que o professor não estava. Fiz uma mala pequena, nem me atrevi a despachar bagagem, tal era a pressa. Mal aterrei corri para a Universidade, no departamento onde ele trabalhava consegui comover uma secretária que me deu a morada e segui que nem uma louca pelas ruas da cidade atulhada de trânsito com um taxista que me contava anedotas de portugueses. Quando, por fim, consegui parar em frente ao endereço que me tinham dado, vi um porteiro. Ele disse-me que o senhor professor acabara de sair, tinha ido a uma lanchonete ali ao lado, a tal Beleza Pura. Corri atrás dele. De repente a minha vida era isso, apenas isso, correr atrás dele.

Mal entrei no tal barzinho vi-o. Vi as costas e a cabeça dele, curvadas sobre o rosto de uma mulher que lhe sorria, embevecida. Fiquei parada à porta, enquanto a mão dele subia até ao rosto da jovem, para lhe acariciar o cabelo. Tinha o cabelo todo entrançado, ela, um cacho de tranças fininhas, com fitas de cores vivas que contrastavam maravilhosamente com a sua pele cor de cobre. A mulher pegou-lhe nos dedos e beijou-os, um por um. Depois ficaram de mão dada sobre a mesa. Avancei em redor da mesa para ver a cara dele. Precisava de ver a cara dele. Vi o lampejo do espanto nos seus olhos quando me viu. Um espanto escuro, desgostado. Foi só um segundo, depois sorriu. Esse segundo feriu-me como uma navalhada, mas esqueci a navalhada quando ele me sorriu e, soltando os dedos da rapariga, ergueu a mão para me convidar a sentar-me com eles. Ainda hoje sinto a navalhada daquele olhar inicial. Puxou-me pelo braço, beijou-me no canto da boca muito depressa, puxou uma cadeira para o seu lado, na esquina da mesa, e apresentou-me a sua companheira, explicando que estava a orientar-lhe a tese de mestrado. Disse que não esperava ver-me ali tão cedo, que se tratava de uma agradável surpresa. Tudo aquilo me soou a falso, mas não tive muito tempo para pensar. Porque de repente entrou no bar um homem que se aproximou da mesa gritando: "Hoje você vai pro inferno, seu filha da puta!" Foi tudo muito rápido. De repente vi uma pistola a brilhar na mão do homem, atirei-me sobre o António gritando "Não!", ouvi os tiros, vários, uma bala acertou no coração do António, outra no meu nervo óptico. Claro que isto só o soube depois, quando acordei, no hospital.

Foi só isto, Sebastião. E agora não me digas mais nada, por favor, poupa-me uma dessas tuas graçolas de aromatizador de ambiente. Preciso de dormir. Pergunto-te se posso ir à casa de banho tomar um banho ou se queres tu ir primeiro. Respondes-me, num fio trémulo de voz, que posso ir eu. Depois indagas se não preciso de ajuda. Contenho-me para não te responder à bruta e à letra, Sebastião, tu não fazes por mal, ninguém faz por mal, mas eu já não aguento a palavra "ajuda". Já ninguém me pode ajudar, não vês isso, Sebastião? Ninguém.

Mas poderei dizer-vos que elas ousam? Ou vão, por injunções muito mais sérias, lustrar pecados que jamais repousam?

Dorme, Clara; deixa-me entrar nos teus sonhos, enxotar esses fantasmas que te desassossegam, varrer esses homens que não são dignos de beijar a fímbria do lençol onde os teus pés espreitam. O teu cabelo desmanchado sobre a almofada, subindo, de sonho em sonho, um feixe de raios de sol espreguiçando-se nas árvores da madrugada. A curva do pescoço, a curva do seio descoberto, a curva do joelho que destapas, quero que o lume dos meus olhos derreta a porta do teu coração, quero que os meus olhos acendam os teus, dou-te os meus olhos, e dentro deles o rio da minha sede, um rio curvo, cheio, como o teu corpo, cegaria para todo o sempre por ti, Clara, para ficar às escuras dentro de ti.

O amor fino não busca causa nem fruto. — Se amo porque me amam, tem o amor causa; se amo para que me amem, tem fruto; e o amor fino não há de ter porquê, nem para quê. Se amo porque me amam, é obrigação, faço o que devo; se amo para que me amem, é negociação, busco o que desejo. Pois, como há de amar o amor para ser fino? ***Amo, quia amo; amo, ut amem*****: amo, porque amo, e amo para amar. Quem ama porque o amam, é agradecido; quem ama para**

que o amem, é interesseiro; quem ama, não porque o amam, nem para que o amem, esse só é fino.

Descrevo-te o dia: esta manhã vamos visitar o único castelo medieval da América, o castelo Garcia d'Ávila. E depois seguimos para a Praia do Forte, perto do Castelo, onde fica a sede do Projeto Tamar. Na estrada há um cartaz enorme com uma rapariga de megafone na mão onde se lê, em letras garrafais: "Silêncio! Salvador precisa dormir!" Depois, em letras mais pequenas, acrescenta-se: "A lei tem de ser cumprida." O autocarro salta nos buracos do tamanho de crateras. Assustas-te, agarro-te na mão, agradecendo às crateras o delicioso choque eléctrico dos teus dedos, o coração arde-me no peito, digo-te que não tenhas medo, é só uma estrada de terra batida. Gosto da ideia de te salvar, Clara, gostaria de salvar-te de leões, assaltantes, cheias e terramotos. Agarro-te os dedos e penso em ti como se te salvasse.

Na Casa do Forte espera-nos um latagão chamado Gutenberg, que agradece que no final observemos a sua banca de artesanato:

— Tem barquinho de madeira e de folha de árvore, maracas, uma porção de coisa que eu mesmo faço, nas minhas horas livres. É a minha arte. E a minha arte pode lhes servir de recordação desta viagem pela História do Brasil e de Portugal.

E começa a narrar, no tom monocórdico de quem decorou, à maneira da tabuada, uma longa lista de nomes e datas, que Garcia d'Ávila era homem de confiança de Tomé de Souza, o primeiro governador-geral do Brasil, vindo a implantar em Salvador, em meados de 1551, a primeira fazenda da então colônia, construindo, em local estratégico para a observação do litoral, uma fortificação única em seu estilo nas Américas. Perco-me no meio da explicação e do grupo, de repente já não sei onde estás tu, Clara.

(Palavras que lavram a terra e revolvem de luz os meus olhos sepultados. Palalavras, titubeantes. Preciso das tuas palavras, António Vieira, porque dentro delas o Sol e a Lua e as Estrelas e a Natureza ressuscitam, em maiúsculas e com uma firmeza de recorte que nunca a minha retina conseguiu captar. Preciso das tuas palavras, mesmo quando são paladras, pedras ladras que atiras contra a forma bruta das coisas para a distorcer ao teu jeito. Preciso da tua receita alquímica, Vieira, desse teu dom de ilusionista convicto, dessa tua capacidade para transfigurar a Fé em Razão Pura ou a Pura Razão em Profecia. Preciso desse talento que te fazia dobrar o tempo e o rosto da História à medida dos teus desejos, e considerar as derrotas de hoje como experiências da dor destinadas a ampliar o triunfo das vitórias futuras. Preciso das tuas palavras de pedra, Vieira, para amparar a precariedade do meu caminho.)

Não sei de onde veio esta voz coleante que me pede autorização para me filmar. A princípio penso que é uma alucinação do calor, mas a voz, mansa e firme, insiste. Não sei que lhe diga; informo-o, gaguejando, de que a bem dizer nem precisava de pedir, sou cega. Responde que não enxergar não é motivo para ficar abusando da imagem de uma pessoa, explica que se chama Emanuel Viana e que na realidade queria convidar-me a participar num filme, no seu primeiro filme, negócio de arte mesmo, negócio simples, de boa gente. Um filme em que a protagonista seria uma mulher linda e cega, sem consciência da sua beleza — que nem eu, diz ele. Rio-me, argumento que as suas palavras provam que ele também não vê lá muito bem. Diz-me:

— Enxergo o que pode ser enxergado, moça. Quanto ao resto sou somente um cego com os olhos abertos. Como todo o mundo.

Sebastião? Quem é este rapaz de fala felina? Quem é este homem que fala como se me acariciasse, quem é este desconhecido que traz na garganta as notas da minha música, Sebastião? Não chego a pronunciar o teu nome, amigo, o cineasta deve ter sentido o meu medo pelo modo como farejo o ar, e responde que não me preocupe, não estou perdida, o grupo está aqui ao lado, com Gutenberg e Marcos, que é seu amigo, e que o meu marido já vem, foi pegar uma água de coco. Repete:

— Está tudo bem, tudo bem, não se assuste não, moça — e segura-me na mão, e a mão dele é tão quente e mansa, Sebastião, que eu dou por mim a sussurrar:

— Ele não é o meu marido.

— Pior pra ele, então. Nos vemos.

Questão é curiosa nesta filosofia, qual sejam mais precioso e de maiores quilates: se o primeiro amor, ou o segundo? Ao primeiro ninguém pode negar que é o primogénito do coração, o morgado dos afectos, a flor do desejo, e as primícias da vontade. Contudo eu reconheço grandes vantagens no amor segundo. O primeiro é bisonho, o segundo é experimentado; o primeiro é aprendiz, o segundo é mestre; o primeiro pode ser ímpeto, o segundo não pode ser senão amor. Enfim o segundo amor, porque é segundo, é confirmação e ratificação do primeiro, e por isso, não simples amor, senão duplicado, e amor sobre amor. É verdade que o primeiro amor é o primogénito do coração; porém, a vontade, sempre livre, não tem os

seus bens vinculados. Seja o primeiro, mas não por isso o maior.

Gutenberg continua, à torreira do sol, a recitar a sua ladainha sobre o Castelo Garcia D'Ávila ou Casa da Torre; a propriedade dos Ávilas estendia-se da Bahia ao Maranhão, com uma área de cerca de 800 mil quilômetros quadrados, equivalente a um décimo do território brasileiro de hoje, o que corresponde às áreas somadas de Portugal, Espanha, Itália, Holanda e Suíça. E tu, de novo perto de mim, recitas também, com uma vozinha escolar:

— "O primeiro governador-geral do Brasil foi Tomé de Souza. Mas se tivesse sido o major Nico Pombo, por acaso o sol deixaria de brilhar como agora? Existe um cabo que se chama Finisterra. Mas se não existisse, os jacarandás não estariam floridos do mesmo jeito?"

Digo-te que tens razão, Claríssima, os factos históricos arredam-nos do encanto da nossa vida. Acabam por ser uma droga como outra qualquer. Respondes que não és tu quem tem razão, mas o Erico Veríssimo, porque o pedaço que acabaste de citar é do seu romance *Clarissa*. Mais um que nunca li, querida, menos uma estrela nos meus galões. Espanta-me que saibas o livro de cor. Dizes que sabes apenas pedaços, as frases que sublinhavas. Deste memorizaste páginas inteiras porque o leste em voz alta, do princípio ao fim, quando ainda tinhas olhos. Antes de cegares fazias voluntariado na Biblioteca Nacional, gravando livros em voz alta, para os cegos.

— Vê lá tu a minha capacidade de premonição... — dizes.

Escolheste começar por *Clarissa* pensando nas velhinhas, na multidão das velhinhas cegas, e na escassez de livros bons que não escandalizem ou entristeçam ainda mais as velhinhas. *Clarissa* pareceu-te o ideal, por ser uma luminosa aguarela sobre a adolescência. Com uma escrita simultaneamente sensual e pudica. É tão bom ouvir-te falar sobre livros. Entusiasmas-te e cintilas.

— Clara, límpida, transparente — dizes, creio que ainda sobre *Clarissa*, já não sei, perdido que estou aqui, entre ruínas, vendo como ofuscas o próprio sol. Murmuro que a transparência é o grau supremo de todas as coisas, para dizer alguma coisa que, não o sendo, seja ainda o quanto te amo. Creio que nem me ouves. Declaras que o teu pai costumava dizer que só justifica quem perde, e que demasiadas pessoas usam a arte como justificação. Confessas que tens pena de não ter acabado o *Dom Quixote*, que estavas a gravar quando ficaste assim. Acrescentas que devias tê-lo feito mais cedo, mas não tiveste coragem. Digo-te que não te mortifiques. Fizeste tudo o que podias. Continuas a fazê-lo. Peço-te que me acompanhes até à centenária gameleira, ou figueira-brava, que existe em frente à Casa da Torre. Explicas-me que há muitas árvores destas no Brasil, que dizem que o leite debaixo da casca cura inúmeras doenças e que, por ser considerada a árvore primordial, têm-nas normalmente nos terreiros de candomblé. Descrevo-te o tronco desta árvore, que parece uma escultura barroca. E peço-te que me deixes fotografar-te debaixo dela. Ris-te, anuncias que hoje acordaste com aura de estrela de cinema. E que pode acontecer que só a árvore fique na fotografia, porque te sentes evaporar, minuto a minuto. Comento que é do calor, mas sei que há qualquer coisa de diferente em ti, hoje. Ris-te, sussurras que há anos persegues o calor. Ris-te.

(O calor: carícia dos mortos que muito — e quase sempre mal — amámos. Mortos que não soubemos ainda arrefecer, e ardem lentamente à superfície da nossa pele. Ardemos com eles, as palavras somem-se no fogo da pele, papel que torna espessa a tinta do coração. Não há amor imediato; o desejo transtorna a verdade, cai como chuva sobre o sangue, dissolvendo-lhe o tempo de onde vem e o espaço para onde vai. Não se consegue amar completamente senão na memória, Sebastião. As histórias que sonhámos para as pessoas amadas flutuam na neblina dos dias muito quentes, como mentiras leves tocadas pelo peso da verdade. Espuma do mar desfeita ao toque dos dedos. Não te canses a inventar-me no desejo do teu corpo, Sebastião, que o que em mim crês amar não é mais do que a memória das lágrimas, das tuas lágrimas, feitas de uma luz distinta das minhas.)

Que é o que mais deseja e mais estima o amor: ver-se conhecido, ou ver-se pago? É certo que o amor não pode ser pago, sem ser primeiro conhecido; mas pode ser conhecido, sem ser pago. E, considerando divididos estes dois termos, não há dúvida que mais estima o amor, e melhor lhe está ver-se conhecido que pago. Porque o que o amor mais pretende é obrigar: o conhecimento obriga, a paga desempenha; logo, muito melhor lhe está ao amor ver-se conhecido, que pago, porque o conhecimento aperta as obrigações; a paga e o desempenho desata-as. O conhecimento é satisfação do amor-próprio; a paga é satisfação do amor alheio. Na satisfação do que o amor recebe, pode ser o afecto interessado; na satisfação do que comunica, não pode ser senão liberal: logo, mais deve estimar o amor ter segura no conhecimento a satisfação da sua liberalidade, que ver duvidosa na paga a fidalguia do seu desinteresse. O mais seguro crédito de quem ama é a condição da dívida no amado: mas como há de confessar a dívida quem a não conhece? Mais lhe importa logo ao amor o conhecimento que a paga,

porque a sua maior riqueza é ter sempre endividado a quem ama. Quando o amor deixa de ser credor, só então é pobre. Finalmente, ser tão grande o amor, que se não possa pagar, é a maior glória de quem ama. Se esta grandeza se conhece, é glória manifesta; se não se conhece, fica escurecida, e não é glória; logo, muito mais estima o amor, e muito mais deseja, e muito mais lhe convém a glória de conhecido, que a satisfação de paga.

Agora, Clara, estamos na Praia do Forte, visitando os tanques de abrigo e reprodução controlada das tartarugas marinhas. Há também um pequeno museu onde se observa o maior esqueleto da espécie encontrado no litoral baiano. Falo-te do brilho conjunto do céu e do mar, das palmeiras que entram pelo areal. Segredas-me que não tens assim tantas saudades das paisagens; os panoramas deslumbrantes — o Rio de Janeiro observado do Corcovado, por exemplo — provocavam-te um sentimento conjunto de arrebatamento e angústia. Como se o absoluto da beleza te destroçasse o coração. Também por isso te concentraste preferencialmente nas pessoas. Confias-me que um dos motivos do teu encanto com os textos de António Vieira é o facto de neles não existir essa sufocação da paisagem — só seres humanos. Sim, querida Clara, os seres humanos mudam menos do que as paisagens — e demoram mais a decifrar. Sublinhas que os seres humanos são mais iguais entre si do que as paisagens, e que o estudo dessas semelhanças universais é uma lição sobre a estupidez profunda dos racismos.

Fascina-te a perspicácia de António Vieira, a forma como ele conseguiu encontrar nos índios este denominador comum da razão humana — embora não tenha assumido idêntica fraternidade para com os negros, condoía-se com as sevícias a que eram submetidos, comparava-as ao Calvário de Cristo, prometia-lhes o céu, mas não foi capaz de pregar pela sua libertação, apenas procurava persuadir os amos a que os tratassem com brandura. Desculpas o teu Padre com a ferocidade da época, o primarismo das técnicas e as necessidades do desenvolvimento económico — e frisas que, ainda assim, ele conseguiu perceber em cada ser humano um feixe essencial de pensamento e afectos, atingindo, através da concepção de Deus, a sabedoria a que hoje nós chegamos através do estudo do ADN. Acrescentas que o êxtase perante a novidade da paisagem foi o grande equívoco da época das Descobertas. A mim, fascina-me escutar-te — mas começo a experimentar graves sintomas de ciúmes desse teu padre doutrinador.

Aproxima-se a hora do almoço, na praia da Garuja. Pergunto-te se não queres aproveitar para um mergulho, respondes que não trouxeste fato de banho, digo-te que isso pode providenciar-se, porque existe um mercado de roupa junto à praia. Marcos reúne o grupo para anunciar que nos levará esta noite a uma sessão de candomblé, na Casa Branca, o terreiro de candomblé mais prestigiado da Bahia, que foi criado por uma tetravó dele. Esclarece que a Casa Branca do Engenho Velho, ou Terreiro Ilê Iyá Nassô, foi o primeiro monumento Negro considerado Patrimônio Histórico do Brasil, em Maio de 1984. Conta-nos que ele próprio foi iniciado no ritual aos sete anos, e calhou-lhe logo como patrono um dos mais poderosos orixás do candomblé: Oxalufam, o deus da frieza e da ancestralidade, a versão idosa do grande Oxalá, o orixá da criação — que, quando moço, dá pelo nome de Oxaguiam.

— Oxalá moldou em barro o corpo dos homens. Depois Olodumaré, o Ser Supremo, soprou sobre as figuras de barro e lhes deu vida. Olodumaré depôs nas mãos de Oxalá a criação do mundo, confiando-lhe para isso o "saco da criação" e o axé, ou energia vital. Essa nobre missão, porém, não o dispensava de cumprir algumas obrigações para com outros orixás, aos quais ele deveria fazer alguns sacrifícios e oferendas. Oxalá se pôs a caminho apoiado em um grande cajado, o Paxorô. No momento em que passava pela porta do além, se cruzou com Exu, orixá da comunicação, que, zangado porque Oxalá se negara a fazer suas oferendas, resolveu se vingar lhe provocando uma sede insuportável. Então Oxalá furou a casca de um tronco de um dendezeiro para saciar sua sede. Bebeu esse vinho de palma com tal sofreguidão que ficou bêbado e adormeceu. Apareceu então Olófin Odùduà — criado por Olodumaré depois de Oxalá e o maior rival deste — que, vendo o orixá adormecido, lhe roubou o saco da criação, indo seguidamente procurar Olodumaré, para lhe mostrar o que tinha achado e para lhe contar em que estado Oxalá se encontrava. Olodumaré entregou então a Odùduà esse trabalho da criação do mundo. Odùduà encontrou um universo de água, e aí deixou cair o que estava dentro do saco, e era terra. Formou-se assim um monte de terra sobre a superfície das águas. Então ele colocou sobre a terra uma galinha, cujos pés tinham cinco garras. A galinha começou a arranhar e a espalhar a terra sobre a superfície da água, e a terra foi se alargando cada vez mais. Quando Oxalá acordou e se viu sem o saco da criação, procurou Olodumaré, que, como castigo, proibiu Oxalá e toda sua família de beber vinho de palma e de usar azeite de dendê. Mas em compensação, o incumbiu de modelar no barro o corpo dos seres humanos nos quais ele, Olodumaré, insuflaria a vida. Oxalá se tornou uma espécie de heterônimo de Jesus, também filho do criador supremo e salvador dos homens. O sincretismo entre Jesus e Oxalá é muito visível numa das festas mais populares da Bahia, a lavagem da Igreja do Senhor do

Bonfim. Ainda lhes resta paciência para escutar a história que deu origem a esse ritual?

O grupo acena com a cabeça em uníssono — o que é uma viagem senão uma pescaria de histórias?

Um belo dia o velho Oxalufam, que vivia com seu filho Oxaguiam, resolveu viajar até Oyó para visitar o rei Xangô, seu outro filho. Foi consultar um babalaô ou feiticeiro, que lhe recomendou que desistisse da viagem, porque ela acabaria mal. Xangô é o senhor dos raios e do trovão, e expele fogo pela boca, tendo por símbolo um machado de duas faces. Ao entrar na cidade de Xangô, Oxalufam avistou o cavalo que ele mesmo oferecera ao rei seu filho, e que andava por ali perdido. Tentava amansar e amarrar o cavalo, para devolvê-lo ao filho, quando apareceram uns soldados reais, que o tomaram por ladrão. Assim, Oxalufam, que se manteve sempre silencioso, foi atirado para a prisão. Sete longos anos durou essa prisão. O encarceramento de um inocente, em terras do Senhor da Justiça, conduziu Oyó a sucessivas desgraças: epidemias, secas e esterilidade geral entre as mulheres. Desesperado, Xangô procurou um babalaô e assim tomou conhecimento da prisão injusta de um velho.

Quando verificou que esse velho prisioneiro era seu pai Oxalufam, Xangô ordenou que todos os seus súbditos vestissem de branco, a cor de Oxalá, e que fossem três vezes de seguida buscar água do rio para banhar o orixá injustiçado. Ordenou ainda que todos permanecessem em silêncio, de modo a, respeitosamente, pedir perdão a Oxalufam. Xangô se vestiu também de branco, carregou nas suas costas o velho orixá e organizou uma festa em sua homenagem. Finalmente Oxalufam voltou para casa e Oxaguiam ofereceu um grande banquete em celebração pelo retorno do pai. Ora, o ritual católico de lavar o chão da igreja como ato de devoção a Deus dava aos negros oprimidos uma oportunidade de celebrarem o banho reparador de Oxalá. Assim, até aos dias de hoje, os fiéis fazem uma enorme procissão até à igreja, vestidos de branco e levando à cabeça jarros de água para lavar o chão sagrado, homenageando em simultâneo Oxalá e o Senhor do Bonfim.

A cegueira que cega cerrando os olhos, não é a maior cegueira; a que cega deixando os olhos abertos, essa é a mais cega de todas: e tal era a dos escribas e fariseus. Homens com os olhos abertos e cegos. Com olhos abertos, porque, como letrados, liam as Escrituras e entendiam os Profetas; e cegos, porque vendo cumpridas as profecias, não viam nem conheciam o profetizado.

Alguém pergunta a Marcos se participará na cerimónia desta noite, o nosso guia responde que em princípio não, mas nunca se sabe o que pode acontecer. Por isso, subcontratou um outro guia que nos acompanhará. Teme que Oxalufam venha procurá-lo, já que é esse o orixá celebrado esta noite. Espera que não, mas o que se passa na celebração é imprevisível. Revela que a incarnação pode ser um processo muito doloroso, porque Oxalufam é um orixá pesado. Exorta-nos a que não nos esqueçamos de nos vestir de branco:

— Mesmo que, por sua desgraça, não acreditem em nada, respeitem os crentes, pessoal, respeitem as mães-de-santo da Casa Branca, respeitem nossa tradição.

Sugere-nos que, entretanto, aproveitemos a praia — não mergulhará connosco porque se puser um pé na água do mar ele ficará todo inchado, e adoecerá. Garante que Oxalufam lhe proíbe qualquer contacto com o mar.

Rio-me, e exclamo que lhe calhou um orixá sádico, porque proibir o mar a um baiano só pode ser maldade. Mas a voz com que Marcos responde é inesperadamente áspera:

— Cada um tem seu destino e seu caminho, senhora. Melhor não rir destes negócios, não.

Puxas-me pelo braço, Sebastião, já impaciente por um mergulho, e suponho que também aflito com a minha falta de diplomacia em relação a Marcos. Precisas de umas calças brancas para logo à noite, proponho-te que compres qualquer coisa com rendas da Bahia, para dar sorte. Dirigimo-nos ao mercadinho, decides que me ajudarás a escolher o fato de banho e que eu te ajudarei a escolher o traje branco para a noite de candomblé. Como te posso eu ajudar, Sebastião? Pelo toque, dizes tu. Os tecidos devem escolher-se pelo toque. E pelo cheiro, digo eu. Como a pele. Nada demora tanto a esquecer como a pele. De qualquer maneira, Sebastião, eu visto-me quase sempre de branco. É menos fácil enganarmo-nos, de branco. Queres oferecer-me uma blusa de renda da Bahia. Recuso a oferta, insistes: deixa-me, deixa-me. Dá-me esse prazer. Sim, porque não te hei-de dar esse prazer? O prazer que se pode dar acalma as tempestades humanas; mas o prazer que se recebe e guarda nunca mais nos deixa serenar.

Esta mesma cegueira de olhos abertos divide-se em três espécies de cegueira, ou, falando medicamente, em cegueira da primeira, da segunda, e da terceira espécie. A primeira é de cegos que vêem e não vêem juntamente; a segunda de cegos que vêem uma coisa por outra: a terceira de cegos que vendo o demais, só a sua cegueira não vêem.

* * *

Descreves-me uma pintura mural onde está escrito: "Resgate a nossa cultura. Tenha uma identidade." Uma identidade — temo-la na ponta dos dedos, nas curvas do corpo, nas circunvoluções do cérebro. E ninguém quer ver. É de dentro para fora que se vê. Confunde-se identidade com nacionalidade — a História é a pilha de cadáveres nascida desta patética confusão. Aproveitas para me recordar, com um rascunho de triunfo na voz, que o meu Padre se fartou de lutar pela libertação de Portugal face ao domínio espanhol e pela libertação das partes do Brasil tomadas pelos holandeses. Também fez parte da confusão. Reponto que não podes confundir a defesa dum território invadido com o ataque à independência alheia; em 1644, Vieira escreveu uma carta ao secretário de Estado, aconselhando-o a não atacar Espanha, e a gastar antes os fracos recursos do reino no reforço das praças portuguesas, prevenindo uma guerra defensiva. Afirmava que a população era firme na resistência aos cercos, mas os soldados fracos de organização e disciplina. Há nessa carta uma afirmação particularmente arguta, que é esta: "quanto mais nos dilatamos mais nos enfraquecemos".

Argumentas que, por essa ordem de ideias, nem teríamos criado o Brasil. Mas será que criámos de facto o Brasil, Sebastião, ou deixámo-nos recriar por ele? Dilatámo-nos nas Descobertas, sim — mas porque já não tínhamos com que nos fortalecer em Portugal. Estávamos como tu, Sebastião, na infância, perdidos entre brinquedos e sem saber que fazer deles, com um horizonte pequenino e um papão pelas costas. Vieira não escapou completamente ao espírito do seu tempo — de outra maneira não poderia ter sido o pragmático que também foi, lançando a ideia e as bases da Companhia de Comércio com o Brasil, atraindo a esse comércio o dinheiro dos judeus, e dando-lhe isenções fiscais. Anotas que o Padre tinha visão para o negócio, e que os bons Irmãos da sagrada Inquisição devem ter adorado essa Companhia. Explico-te que a Inquisição era um empreendimento dos Dominicanos, que não poderiam ser considerados fãs dos jesuítas... Aliás, quase ninguém gostava dos jesuítas, porque estudavam mais do que os outros e, consequentemente, brilhavam mais. O problema dos judeus também era e continua a ser esse: fazem sempre muita sombra, sobretudo aos que nunca cuidaram de procurar o sol. De modo que, logo após a morte de D. João IV, os inquisidores conseguiram limitar muito a acção da companhia e aferrolhar um Vieira já fisicamente muito debilitado nos seus calabouços. Nunca António Vieira fraquejou — ousou a humilde vaidade de pensar pela cabeça de Deus, que não regista datas nem raças, e usou a religião como instrumento de religação de cada ser humano consigo mesmo e com os outros.

— Ah, então afinal sempre crês em Deus — comentas, triunfante.

Por princípio, creio em tudo, Sebastião — dá-me jeito. Onde eu disse Deus podes ler Razão, ou Amor — o tal que ilumina e ensombra a alma, ao mesmo tempo. Sem Deus, Vieira não teria chegado aos devaneios nacionalistas a que chegou; mas também não teria atingido o âmago da compaixão humana, que faz com que ainda hoje as suas palavras caminhem adiante do tempo.

Os Filósofos dizem que uma contraditória não cabe na esfera dos possíveis, eu digo que cabe na esfera dos olhos.

Na verdade, Sebastião, não saímos ainda da Era do Espartilhamento Humano que foi a de Vieira — uma era em que as pessoas inteiras assustam como extraterrestres e só os peritos, devidamente arrumados nas suas cátedras específicas, são respeitados. Dizes que sempre foi difícil saber quem são as pessoas inteiras. Digo-te que a mim, que moro na escuridade, me parece muito simples. Pessoas inteiras são aquelas que sabem que a palavra é uma forma de acção e a acção uma questão de palavra. Bem sei que ontem como hoje, Sebastião, o mundo resiste à mudança. Por isso é que os sermões de Vieira continuam a ser inquietantes. Escreveu ele, por exemplo: *Palavras sem obra são tiros sem bala; atroam, mas não ferem.* E é ainda nisso que estamos, explosões sem deflagração. Pergunto-te se gostas dos meus sermões, respondes-me que gostas de mim. Gostava que esse teu gosto fosse uma janela para o mundo, Sebastião, que não te fechasses nas minhas trevas. Defines-me como um concentrado de luz. E eu peço-te que, por favor, te desconcentres.

Andam os homens cruzando as cortes, revolvendo os reinos, dando voltas ao mundo; cada um em demanda das suas pretensões, cada um para se introduzir ao fim dos seus desejos; todos aos encontrões uns sobre os outros; os olhos abertos, a porta à vista, e ninguém atina com a porta. Andais buscando a honra com olhos de lince; e sendo que para a verdadeira honra não há mais que uma porta (que é a virtude), ninguém atina com a porta. Andais-vos desvelando pela riqueza com mais olhos que um Argos; e sendo que a porta certa da riqueza não é acrescentar fazenda, senão diminuir cobiça, ninguém atina com a porta. Andais-vos matando por achar a boa vida; e sendo que a porta direita por onde se entra à boa vida, é fazer boa vida, ninguém atina com a porta. Andais-vos cansando por achar o descanso; e sendo que não há nem pode haver outra porta para o verdadeiro e seguro descanso, senão

acomodar com o estado presente, e conformar com o que Deus é servido, não há quem atine com a porta.

(Vejo-te, António menino, sem saberes de que terra és. Trouxeram-te de Portugal para os trópicos através de um mar imenso, e o violentíssimo baloiço do mar desenhou-te a forma da alma. Pertencerás para sempre a esse baloiço que uns confundem com o sonho do poder e outros com o desvario do sucesso. Foi Deus quem encontraste no atordoamento das ondas, o milagre de atravessar um mundo abarrotado de fogueiras e pelourinhos e conseguir ainda agarrar a alegria nas mãos, nas tuas pequenas mãos de criança. Conseguir ajoelhar perante a beleza criada pela mão humana, ajoelhar no meio dos jactos de riso cáustico das pessoas desesperadas, como ajoelhaste, naquele dia da tua infância, diante da imagem daquela Senhora das Maravilhas. Reza a lenda que sentiste então um estalo, o estalo da sabedoria, que te levaria a fugir de casa, aos quinze anos, para te juntares aos homens que mais estudavam, os jesuítas. Gosto de pensar que foi diante dessa imagem de mulher que tiveste a revelação do homem que irias ser. Diante da imagem do que foste, diante do que as tuas palavras ainda são, vou agora descobrindo quem posso eu ainda ser.)

Não vos tem acontecido alguma vez ter os olhos postos e fixos em uma parte, e porque no mesmo tempo estais com o pensamento divertido, ou na conversação, ou em algum cuidado, não dar fé das mesmas coisas que estais vendo? Pois esse é o modo e a razão porque naturalmente, e sem milagre, podemos ver e não ver juntamente. Vemos as coisas, porque as vemos: e não vemos essas mesmas coisas, porque as vemos divertidos.

* * *

Tenho uma história para te contar, Clara. Não sei porque te quero contar esta história, talvez alimente a esperança de te seduzir através de um enredo. Nunca tive de trabalhar para seduzir ninguém, Clara, não sei como se faz. Sinto-me *A Mulher Que Escreveu a Bíblia* criada pelo Moacyr Scliar, conheces? Não? Vitória. Finalmente consigo ganhar-te um ponto, um livro que tu não leste — tu, a anticompetitiva, a rapariga indiferente a estatutos que não perde uma oportunidade de exibir uma leitura a mais. Ou pensas que o meu amor por ti me impede de ver os teus defeitos? Amo-te prega a prega, amo o teu mau humor como o teu riso, as tuas apatias e entusiasmos, o teu corpo desmoronado pelo cansaço, amo as tuas falhas e as tuas injustiças — falas tanto de eternidade e nem percebes que é este o amor eterno, o amor que não cede às fendas, aos detritos, aos buracos do tempo. Pois a tal mulher do romance do Scliar era feia como uma trovoada e apaixonou-se pelo rei Salomão, que nem olhava para ela. Possuía, porém, o dom da escrita, e arranjou maneira de o seduzir através da narrativa sagrada, que escreveu com todo o fogo da sua exaltação erótica. Mas eu não tenho o dom dessa mulher, e tu, como o rei Salomão, és mais sensível ao toque do texto do que à aventura da história.

Nem sei se é uma história, o que tenho para te contar. É uma coisa. Um momento objecto. Um episódio que recordo como completamente íntimo e completamente exterior. Eu estava lá e não era eu. Deixara de saber quem era eu. Não sei se te conte. Insistes. Repito que não sei se te conte para que tu insistas. Perguntas-me se é um segredo, respondo-te que mais ou menos. Ris-te. Dizes que és toda ouvidos para o mais ou menos.

Na noite do meu doutoramento organizei uma grande festa num hotel sobre a praia, a cinquenta quilómetros de Lisboa. Separara-me há pouco tempo, mas fiquei amigo da minha ex, e ela também foi. Por isso evitei contactos visíveis com a namoradita que tinha na altura. Uma ex-aluna, apostas — e apostas bem, Clara. A irresistível atracção pelo embasbacamento da juventude, aqueles olhos que aterram sobre nós como se possuíssemos a verdade e a luz, sem perguntar nada, sem exigir nada. E também o inebriante perfume da carne fresca — que julgamos poder contagiar-nos, mas que só acentuará o travo de melancolia no nosso corpo já puído pelos anos. Contra-atacas de imediato, cáustica:

— Oh, puidíssimo, sem dúvida. Vais continuar à pesca de elogios, ou vais deixar-te dessas banalidades — sem dúvida inebriantes — e contar a história?

Claríssima, querida, nem sei porque insisto neste jogo de sedução tão infantil, tão desesperado — quero-te demasiado. Devia querer-te menos para que me quisesses alguma coisa. Mas não sei. Pensei que se te mostrasse a minha alma, a fragilidade dessa maquineta invisível que nos move o corpo, talvez... Mas não sei.

— Conta — ordenas-me. — Deixa-te de merdas e conta, Sebastião.

Conto-te. A jovem procurou-me no meu quarto. Depois de fazer amor com ela senti de súbito uma vontade fortíssima de possuir uma outra, uma professora convidada, mais velha do que eu, que conhecera há dias. Não gostarás do verbo possuir, bem sei, mas é aquele que melhor define o meu ímpeto daquela noite. De facto, percebera que ela também se sentia muito atraída por mim. Deixei a minha namorada a dormir e fui ter com essa outra. Era como se tentasse saturar-me de corpos de mulher. Desaparecer no fundo delas. Fazer com que elas desaparecessem no fundo de mim. Provar que era o maior garanhão do mundo. Sei lá o que é que eu queria, Clara. A professora abriu-me a porta, levou-me para a cama, e foi uma noite de sexo absolutamente sublime. De manhã, quando acordei e olhei para ela, que dormia ainda, fugi para a praia.

— Credo, era assim tão feia? — ironizas.

Não, Clara. Era até muito bonita, mas parecia-me uma estranha. Não me comovia. A minha mulher tinha isso, uma capacidade de me comover involuntariamente — em pequenos gestos, pequenas impaciências, desajustamentos que me faziam sentir próximo dela, íntimo. Mas a comoção, só por si, não basta. Como não basta a atracção física. Nem a cumplicidade. Unia-me à minha mulher, mais do que tudo, uma sensação de vida partilhada, nos mínimos pormenores. Por exemplo, um dia, viajávamos os dois, e eu verifiquei que me esquecera dos antidepressivos que andava a tomar. Fiquei aterrado — mas depois lembrei-me que não havia problema, porque ela andava a tomar exactamente os mesmos.

Soltas uma gargalhada, Clara, dizes que eu e a minha ex-mulher parecemos personagens de um filme do Woody Allen. Mas a paixão é outra coisa. Na época eu não sabia sequer o que era. Ris-te de novo. Dizes que com tal profusão de mulheres atrás de mim, devia tornar-se difícil. Talvez, Clara. Era-me fácil cativar as mulheres. Estudei para isso; ser professor é ser um cativador profissional. Neste meio vivemos de nos seduzirmos uns aos outros; às vezes até acho que os livros, o conhecimento, são apenas pretextos que justificam o funcionamento dessa máquina de sedução. Dizes que saber demasiado também atrapalha os sentimentos. Não passamos a vida a dizer que a literatura não se faz de bons sentimentos, Clara? O que é uma estupidez como outra qualquer. Há livros cheios de maus sentimentos que também não valem o esforço da leitura. Dizes que os sentimentos não são bons nem maus. Que é uma questão de circunstância. Dizes que as boas palavras é que parecem gastas — porque já não sabemos ouvi-las até ao fim. Dizes que as palavras não estão gastas, estão surdas. Amputadas da música que têm. Por isso nos rimos cada vez mais, para não escutarmos essa música.

Querida Clara, adoro a música do teu riso. Conta, ordenas de novo. E eu conto. Voltei para a cidade nessa tarde, sem me despedir de ninguém, com um amigo meu. Conduzia e as lágrimas escorriam-me pelo rosto, incontroláveis, silenciosas. O meu amigo estava aflito, sem saber o que me dizer. De vez em quando perguntava: "Não queres parar para tomar uma água?" — e eu nem respondia, só abanava a cabeça.

— Não me perguntas porque chorava, Clara?

Dizes que não precisas de perguntar. É terrível não amar ninguém, Clara. Sermos tão capazes de nos deitarmos nos braços uns dos outros sem sequer encostarmos a sombra da alma. Por isso te estou tão grato. Agora sei quem sou. Dizes que se tivéssemos tido relações sexuais, talvez eu não pensasse assim. Clara. A noite passada fiquei a olhar para ti enquanto dormias. Horas e horas, e não me cansei. Essa é a diferença. O meu amor por ti parecia crescer dentro do teu sono, ao ritmo da tua respiração.

— Sebastião, Sebastião, isso são fervuras da Bahia. *Amor que pode crescer não é amor perfeito.*

Mas como pode ser (para que demos a razão desta segunda cegueira, como a demos da primeira), como pode ser que haja homens tão cegos, que com os olhos abertos não vejam as coisas como são? Dirá alguém que este engano de vista procede da ignorância. O rústico, porque é ignorante, vê que a Lua é maior que as estrelas; mas o Filósofo, porque é sábio, e mede as quantidades pelas distâncias, vê que as estrelas são maiores que a Lua. O rústico, porque é ignorante, vê que o Céu é azul, mas o Filósofo, porque é sábio, e distingue o verdadeiro do aparente, vê que aquilo que

parece Céu azul, nem é azul nem é Céu. O rústico, porque é ignorante, vê muita variedade de cores, no que ele chama Arco-da-Velha; mas o Filósofo, porque é sábio e conhece que até a luz engana (quando se dobra) vê que ali não há cores, senão enganos corados, e ilusões da vista. E se a ignorância erra tanto, olhando para o Céu, que será se olhar para a terra? Eu não pretendo negar à ignorância os seus erros; mas os que do Céu abaixo padecem comumente os olhos dos homens (e com que fazem padecer a muitos) digo que não são da ignorância, senão da paixão. A paixão é a que erra, a paixão a que os engana, a paixão a que lhes perturba e troca as espécies, para que vejam umas coisas por outras. E esta é a verdadeira razão ou sem-razão, de uma tão notável cegueira. Os olhos vêem pelo coração, e assim como quem vê por vidros de diversas cores, todas as coisas lhe parecem daquela cor, assim as vistas se tingem dos mesmos humores, de que estão, bem ou mal, afectos os corações.

Estamos a chegar ao alto da Colina Sagrada, Clara, à famosa Igreja do Senhor do Bonfim. Dizes que ouves um coro de mulheres. Cantam alto. Cantam com força:

— Toda a Bíblia é comunicação/entre o Deus Amor e o Deus Irmão.

A igreja está cheia, sobretudo de mulheres. Muitas delas muito novas, mulatas belíssimas com minissaias vertiginosas e saltos muito altos. Vai começar a missa das cinco da tarde. O guia sugere que aqueles que não desejarem assistir à missa aproveitem para visitar o corredor lateral, revestido de azulejos preciosos. Na entrada da igreja, Clara, estão duas telas impressionantes de José Teófilo de Jesus. A morte do justo e a morte do pecador, que está à espera de ser levado para o Inferno. Dizes-me que não és de missas, mas gostas desta, em que todas as respostas das pessoas são cantadas. Marcos diz que aqui as missas nunca são apenas missas. Tu dizes que neste lugar cada coisa é tudo ao mesmo tempo; tudo o que foi, tudo o que poderia ter sido, tudo o que há-de ser. E que por isso amas a Bahia — com "h" de homem, ou de hoje. A Bahia é o reino do hoje, dizes, ou da eternidade, que é a mesma coisa. O contrário da posteridade, que estraga a vida a tantos.

As paixões do coração humano, como as divide e enumera Aristóteles, são onze; mas todas elas se reduzem a duas capitais: amor e ódio. E estes dois afectos cegos são os dois pólos em que se revolve o mundo, por isso tão mal governado. Eles são os que pesam os merecimentos, eles os que qualificam as acções, eles os que avaliam as prendas, eles os que repartem as fortunas. Eles são os que enfeitam ou descompõem, eles os que fazem, ou aniquilam, eles os que pintam ou despintam os objectos, dando e tirando a seu arbítrio a cor, a figura, a medida e ainda o mesmo ser e substância, sem outra distinção ou juízo, que aborrecer ou amar. Se os olhos vêem com amor, o corvo é branco; se com ódio, o cisne é negro; se com amor, o demónio é formoso; se com ódio, o anjo é feio; se com amor, o pigmeu é gigante; se com ódio, o gigante é pigmeu; se com amor, o que não é, tem ser; se com ódio, o que tem ser, e é bem que seja, não é, nem será jamais. Por isso se vêem com perpétuo clamor da justiça os indignos levantados, e as dignidades abatidas; os talentos ociosos, e as incapacidades com mando; a ignorância graduada, e a ciência sem honra; a fraqueza com o bastão, e o valor posto a um canto; o vício sobre os altares,

e a virtude sem culto; os milagres acusados, e os milagrosos réus. Pode haver maior violência da razão? Pode haver maior escândalo da natureza? Pode haver maior perdição da república? Pois tudo isto é o que faz e desfaz a paixão dos olhos humanos, cegos quando se fecham, e cegos quando se abrem; cegos quando amam, e cegos quando aborrecem; cegos quando aprovam, e cegos quando condenam: cegos quando não vêem, e quando vêem muito mais cegos: *Ut videntes caeci fiant.*

Declaras que parecemos uma nuvem branca, a entrar neste autocarro. Gosto de saber que toda a gente respeitou as normas do candomblé. O Padre António Vieira, que soube ser um multiculturalista valente numa época em que essa palavra não existia e a ideia escandalizava, decidiu pregar uma partida a este grupo de devotos seus, enviando-nos um guia especializado em religiões alternativas. Dizes que fazer partidas é uma outra e sugestiva forma de pregação. Mas alternativa, aqui, é a religião católica, a qual, a acreditar no eloquente Marcos, não seria mais do que um véu para cobrir o candomblé omnipresente.

Alegas que é preciso dar o devido desconto a Marcos — como, de resto, a toda a encantatória eloquência, incluindo a do próprio António Vieira. Respondo-te que não estou disposta a dar desconto a nada. Ilusão por ilusão, prefiro a força da eloquência encantatória, como tu dizes. Marcos está nervoso com a possibilidade da incarnação, quase não fala. Pergunto ao nosso alternativo guia se a incarnação não é coisa de mulheres, mãe-de-santo. Confirma-me que, de facto, a incarnação dos homens não é considerada de bom tom em terreiros matriarcais, como é o caso deste da Casa Branca. Os homens tocam os atabaques para chamar os espíritos, que, devidamente encaminhados pelo batuque, descerão sobre as mães-de-santo que dançam em torno do altar.

Entramos no sagrado Terreiro da Casa Branca do Engenho Velho, e Marcos desaparece. Edson, o guia alternativo, explica-nos que o Terreiro é de Oxóssi, o orixá da mata, caçador que garante o sustento de sua tribo, e o Templo principal é de Xangô, o tal antigo rei de Oyó. Adianta-me que o barracão que dá pelo nome de Casa Branca é uma edificação alongada com várias divisões internas que encerram residências das principais pessoas do Terreiro, e também espaços reservados aos quartos de orixás, o quarto de Axé, ou poder de realização, o salão onde se realizam as festas públicas e onde vamos entrar, e a cozinha onde se preparam as comidas sagradas, que provaremos. Em redor da casa central existem várias casas de orixás. A bandeira branca hasteada no Terreiro indica o caráter sagrado do espaço. No telhado da Casa, símbolos de Xangô identificam o patrono do Templo. Este Terreiro, o mais antigo do Brasil, deu origem a inúmeros templos afro-brasileiros e tem como Iyalorixá ou mãe-de-santo a Venerável Altamira Cecília dos Santos, possuindo um vasto colégio sacerdotal composto pelas Iya bomin, Ogans e Olossés, além de muitas Iyaôs e Abians.

Sob a voz do guia, Sebastião murmura-me que estamos numa sala grande com um altar no meio, onde representações de santos se misturam a instrumentos dos orixás. A sala tem vários bancos corridos a toda a volta, onde se senta o público. Alguns dos espectadores mais jovens não respeitaram o branco, e estão vestidos de cores. Assistem à dança de um grupo de mulheres de idade avançada, corpulentas, que rodopiam, descalças, de olhos fechados, em torno do altar. São as sacerdotisas. Sebastião murmura-me que é espantoso como conseguem dançar sem se atropelarem, de olhos fechados. Envergam saias rodadas, com rendas, e as blusas têm cabeções de linho bordados. Trazem pulseiras de búzios nos braços, e muitos colares, alguns cordões de oiro. Ao fundo da sala, os homens tocam os tambores, ou atabaques. Sentamo-nos. Não precisas de me relatar mais nada. Eu sigo os tambores. Sussurras que as mães-de-santo estão agora a puxar para a roda três mulheres mais jovens, também vestidas a preceito, que supões serem uma espécie de noviças. Pedes-me que te dê a minha mão. Empresto-ta, Sebastião. Com muito carinho.

Príncipes, reis, imperadores, monarcas do mundo: vedes a ruína dos vossos reinos, vedes as aflições e misérias dos vossos vassalos, vedes as violências, vedes as opressões, vedes os tributos, vedes as pobrezas, vedes as fomes, vedes as guerras, vedes as mortes, vedes os cativeiros, vedes a assolação de tudo? Ou o vedes ou o não vedes. Se o vedes como o não remediais? E se o não remediais, como o vedes? Estais cegos. Príncipes, eclesiásticos, grandes, maiores, supremos, e vós, ó Prelados, que estais em seu lugar: vedes as calamidades universais e particulares da Igreja, vedes os destroços da Fé, vedes o descaimento da religião, vedes o desprezo das leis divinas, vedes a irreverencia dos lugares sagrados, vedes o abuso dos costumes, vedes os pecados públicos, vedes os escândalos, vedes as simonias, vedes os sacrilégios, vedes a falta da doutrina sã, vedes a condenação e perda de tantas almas, dentro e fora da cristandade? Ou o vedes ou o não vedes. Se o vedes, como o não remediais, e se o não remediais, como o vedes? Estais cegos. Ministros da república, da justiça, da guerra, do estado, do mar, da terra: vedes as obrigações que se descarregam sobre o vosso cuidado, vedes o peso, que carrega sobre vossas consciências, vedes as desatenções do governo, vedes

as injustiças, vedes os roubos, vedes os descaminhos, vedes os enredos, vedes as dilações, vedes os subornos, vedes os respeitos, vedes as potências dos grandes e as vexações dos pequenos, vedes as lágrimas dos pobres, os clamores e gemidos de todos? Ou o vedes ou o não vedes. Se o vedes, como o não remediais? E se o não remediais, como o vedes? Estais cegos.

(A tua voz como atabaque de brancos, António, moendo, moendo a lama que havia no lugar das almas, acreditando que dessa lama se poderia fazer barro e que do barro moldado renasceria a Senhora das Maravilhas, falando todas as línguas. A tua voz enrouquecida no alto do púlpito, escondendo o desespero na fúria, furibundando os vivos adormecidos sobre as lajes e os mortos que debaixo delas estremeciam, despertos do sono purgatório pelos teus brados. A tua voz relampejando, rebentando a compostura dos santos, reiventando-os para tua companhia. De Santo António disseste que foi a luz do mundo. Ouço-te, em Roma, na Igreja dos Portugueses: "Se António não nascera para o sol, tivera a sepultura onde teve o nascimento; mas como Deus o criou para a luz do mundo, nascer em uma parte e sepultar-se na outra, é obrigação do sol." De que António falavas, António, tu que nasceste em Lisboa e morreste aqui na Bahia, tu que dizias que sem sair ninguém pode ser grande, tu que saíste incontáveis vezes sem nunca teres conseguido sossegar em ti, tu que cresceste na Bahia e morreste tão pouco que me arrastaste para aqui, para esta Babilónia de corpos que ferem e acalmam como palavras?)

Considerai a imensidade de Deus, e vereis até onde chega e se estende o significado desta pequena, ou

desta grande palavra: *In utero*. Imensidade é uma extensão sem limite, cujo centro está em toda a parte, e a circunferência em nenhuma parte: *Cujus centrum est ubique, circunferentia nusquam*. Ponde o centro da imensidade na terra, ponde-o no sol, ponde-o no céu empíreo, está bem posto. Buscai agora a circunferência deste centro, e em nenhuma parte a achareis. Por quê? A razão é porque sendo a terra tão grande, e o sol cento e sessenta vezes maior que a terra, e sendo o Céu muitos milhões de vezes maior que o sol e o Empíreo, com excesso incomparável maior que os outros céus, todas essas grandezas têm medida e limite, a imensidade não. Deus, por sua imensidade, como bem declarou S. Gregório Nazianzeno, está dentro do mundo e fora do mundo: *Deus in universo est, et extra universum*. Mas se fora do mundo não há lugar, porque não há nada, onde está Deus fora do mundo? Está onde estava antes de criar este mundo. Se Deus não estivera neste espaço, onde hoje está o mundo, não o pudera criar; e como Deus, fora do mundo, pode criar infinitos mundos, e também está em todos esses espaços infinitos, a que chamamos imaginários. E porque outrossim os espaços imaginários, que nós podemos imaginar mas não podemos compreender, não têm limite, por isso o centro da imensidade, que se pode pôr dentro ou fora do mundo, nem dentro nem fora do mundo pode ter circunferência. Comparai-me o mar com o dilúvio. O mar tem praias, porque tem limite; o dilúvio, porque era mar sem limite, não tinha praias: *Omnia pontus erat, deerant quoque litora ponto*. Assim a imensidade de Deus — quanto a comparação o sofre —. Está a imensidade de Deus no mundo e fora do mundo; está em todo o lugar, e onde não há lugar; está dentro, sem se encerrar, e está fora, sem sair, porque sempre está

em si mesmo. O sensível, o imaginário, o existente e o possível, o finito e o infinito, tudo enche, tudo inunda, por tudo se estende, e até onde? Até onde não há onde, sem termo, sem limite, sem horizonte, sem fim, e, por isso, incapaz de circunferência: *Circumferentia nusquam.*

Oxalá Oxalufam está a baixar sobre Marcos. Como é que eu sei, Sebastião? Vejo-o. Vejo Oxalufam. Velho, curvado, mas cheio de energia. Sacode violentamente Marcos. Vejo-o, Sebastião, na minha névoa vejo um velho saltando sobre um corpo de homem jovem, fundindo-se com ele. Atónito, confirmas: sim, que Marcos está a escoicear como um cavalo enraivecido. E, minutos depois, parece desmaiado, tem os olhos revirados. Está a ser levado por duas mulheres para o quarto de retaguarda. Não precisas de me dizer, Sebastião, vejo. Vejo os espíritos, muito nítidos, descendo sobre corpos esfumados de mulheres. Várias mães-de-santo rodopiam sobre si mesmas, bailarinas hipnotizadas, com os olhos vazios. Dançam infinitamente, sem perder o porte nem a frescura. Uma dessas mulheres aproxima-se de mim, abraça-me, abraça-me como se soubesse quem eu sou, como se tivesse saudades de mim, aperta-me num abraço autêntico que me enche de tranquilidade, e regressa para a esfera da dança. De vez em quando uma mulher estremece, roda sobre si mesma, revira os olhos e tomba — entrou o espírito. Como e quando sairá, ninguém vê — as possuídas são transportadas para um quarto de retaguarda; depois regressam, usando as máscaras e os instrumentos dos seus orixás, dançando e saltando de olhos fechados, abraçando alguns fiéis assistentes, os olhos fechados ou brancos, revirados. E há outro homem a entrar em transe. Perguntas-me se estou bem, nunca estive tão bem, foi o abraço daquela mãe-de-santo. Ris-te, Sebastião, e agora eu não gosto do teu riso.

A eternidade e o desejo são duas coisas tão parecidas, que ambas se retratam com a mesma figura. Os egípcios, nos seus Geroglíficos, e antes deles os caldeus, para representar a eternidade pintaram um O, porque a figura circular não tem princípio nem fim; e isto é ser eterno. O desejo ainda teve melhor pintor, que é a natureza. Todos os que desejam, se o afecto rompeu o silêncio, e do coração passou à boca, o que pronunciam naturalmente é O.

Cesso de ver. Os espíritos desmoronam-se e eu regresso às minhas trevas. A música dos atabaques conduz-me, porém, para longe da angústia. Alguém pede licença para se sentar ao meu lado. Conheço-o pelo aroma, conheço-o quando lhe sinto a sua coxa encostada à minha, já o reconhecera quando a sua voz me diz boa noite, menina Clara. Emanuel. Sussurra-me que conhece a mãe-de-santo que me abraçou. Mãe Marianinha. Diz-me que ela quer falar comigo. Que ela é, desde há muito tempo, a sua guia espiritual, e está curiosa comigo. Curiosa? E porquê comigo? Emanuel murmura que lhe falou de mim. E que eu não vim à Bahia só atrás da talha dourada e das histórias de outros séculos. Diz-me que há mais coisas debaixo do céu. Respondo-lhe que sim, que falarei com ela. Não aqui, não agora, cicia Emanuel. Depois. Noutra hora. Vira-me a palma da mão, põe-me qualquer coisa pegajosa e fria. Diz que é ebo, o alimento do orixá, milho branco cozido só com água, sem temperos. Diz-me que coma, que vai fazer-me bem. Como.

* * *

Desejou David a água da cisterna de Belém, e antes de declarar aos soldados qual era o seu desejo, adiantou-se um O a dizer que desejava: ***Desideravit ergo David, et ait: o, si quis mihi daret potum aquae de cisterna, quae est in Bethlehem!*** **O O foi a voz do desejo: as demais a declaração. E como a natureza em um O deu ao desejo a figura da eternidade, e a arte em outro O deu à eternidade a figura do desejo, não há desejo, se é grande, que na tardança e duração não tenha muito de eterno.**

Emanuel pede-me:

— Vem, Iansã. Vem comigo.

Lembro-lhe que o meu nome é Clara, responde-me que esta noite não.

— Esta noite você é a senhora dos raios.

Vou contigo, Emanuel? Conheço as tuas mãos, conheço-as porque as desejo. A surpresa do desejo cai no meu coração como neve, ilusão branca de eternidade. Mas será que te conheço? Dizes-me que te conheço, sim. Que atravessei o mar inteiro para te conhecer. Emudeço. Onde se meteram as minhas habituais respostas rápidas e cáusticas? Num fio de voz, pergunto-te para onde me queres levar. Dizes-me que para a praia. Que não tenha medo. Vou contigo.

Se acaso ou de indústria lançastes uma pedra ao mar sereno e quieto, ao primeiro toque da água vistes alguma perturbação nela; mas tanto que esta perturbação se sossegou, e a pedra ficou dentro no mar, no mesmo ponto se formou nele um círculo perfeito, e logo outro círculo maior, e, após este, outro e outros, todos com a mesma proporção sucessiva,

e todos mais estendidos sempre, e de mais dilatada esfera. Este efeito maravilhoso celebra muito Séneca, no primeiro livro das suas questões naturais, e dele aprenderam os filósofos o modo com que a voz e a luz se multiplicam e dilatam por todo o ar. Mas, se a natureza, na multiplicação e extensão destes círculos teve outro intento mais alto, sem dúvida foi para nos declarar, com a propriedade desta comparação, o modo com que os O O dos desejos da Senhora, ao passo com que se multiplicavam, juntamente se estendiam.

Clara? Onde vais? Respondes-me, secamente, que não me preocupe contigo, mas eu não posso deixar que vás assim, sem mais, pela mão de um desconhecido. Perguntas quem sou eu para decidir o que tu podes ou não fazer. Quem sou eu para decidir quem é que tu conheces ou desconheces. Lembro-te que estás à minha responsabilidade, Clara. Respondes-me que me engano, e que não espere por ti. Mas o que é que as pessoas vão pensar, Clara? — pergunto-te, tonto, desesperado, sem saber o que fazer para te guardar junto de mim, o que fazer para que não me abandones desta forma cruel, humilhante, impossível. Prendo-te o braço, o homem que te leva ameaça chamar a polícia se eu continuar a incomodar-te. Solto-te. Com um sorriso nos lábios, fazes-me uma festa no ombro e dizes até amanhã, Sebastião. Dizes que ficas bem. Dizes que vais com um amigo teu.

Clara, porque não me deixas seguir-te? Porque me cegas assim, devagar, com tão desarmado desamor? Abandonas-me, e é ainda no teu lugar que sofro — e se não voltares amanhã, e se esse homem que te levou é um assassino? Não morras, por favor — não aguento matar mais ninguém, e se morreres a culpa vai ser outra vez minha. Clara, eu dava-te o meu corpo, todo o bem que o meu corpo é capaz de fazer, eu amar-te-ia como tu quisesses, sem sequer pensar no meu desejo — como um escravo, como um objecto, como algo que fizesse parte do teu sangue. Mas tu deixas-me sem sequer pensares no alarme em que me deixas, tu vais pela mão de um homem que não sabes se te matará e nem te importa que eu morra também neste alarme. Clara, Clara, porque me abandonaste?

Porque cresceu o desejo à proporção do amor, e o tempo à proporção do desejo. Não me creiais a mim, senão aos dois maiores doutores da Igreja, Nazianzeno, entre os Gregos, e Agostinho, entre os Latinos. S. Gregório Nazianzeno, com prefação de que afirma uma grande verdade, diz que um só dia de ardente e ansioso desejo é igual a todo o tempo a que se pode estender a vida humana: *Profecto vel unicus dies totius vitae humanae instar est desiderio laborantibus.*

Não, não tenho medo de ti, Emanuel. Não sei porquê, mas sei que não preciso de ter medo de ti. Dizes-me que entre Oxaguiam, que és tu, e Iansã, que sou eu, nunca existiu medo, apenas o vendaval da paixão. E contas-me uma história. Oxaguiam estava no meio de uma guerra que não acabava nunca, porque eram poucas as armas. Pedia urgência ao ferreiro Ogum, mas o ferro demorava a forjar-se e cada ferramenta nova tardava como a eternidade. Tanto reclamou Oxaguiam que Iansã, a mulher do ferreiro, resolveu ajudá-lo. Iansã começou a soprar o fogo da forja de Ogum e o seu sopro era tão forte que avivava o fogo e acelerava a produção das armas. O sopro de Iansã permitiu que Oxaguiam vencesse a guerra. Quando foi a casa de Ogum agradecer a vitória, Oxaguiam apaixonou-se por Iansã, que retribuiu essa paixão e fugiu com ele, deixando Ogum enfurecido e a sua forja gelada. Mais tarde, Oxaguiam precisou voltar a guerrear, e de novo lhe faltaram as armas. Então Iansã soprou, da casa de Oxaguiam, em direção à forja do marido abandonado. Atravessando os ares, o seu sopro arrastava consigo tudo o que encontrava pelo caminho — pó, folhas e galhos de árvores, insetos e pássaros — até atingir, furiosamente, as chamas. O povo acostumou-se ao sopro violento de Iansã e deu-lhe o nome de vento. Às vezes esse sopro tornava-se tão forte que arrancava árvores e arrasava aldeias inteiras — e a esse vento incontrolável deu o povo o nome de tempestade.

— Iansã é você, senhora do sopro da paixão, que arrasa tudo o que se opõe ao futuro. Oxaguiam sou eu, o jovem orixá da criação e da justiça final. Juntos somos imbatíveis.

E terríveis, acrescento eu. Gostarias que eu pudesse ver como a luz da Lua me abraça. Sinto as mãos da lua. Sinto-a como se uma criança estivesse no alto do céu a brincar com marionetas de seda. Como se a Lua fosse uma dessas marionetas de uma história infantil. Digo-te que ardo de desejo por ti. Perguntas-me se ouço o sussurro do mar, respondo-te que escuto apenas o marulho do teu corpo chorando pelo meu. Dizes-me que abra a tua pele e me feche dentro dela. Digo que o teu corpo tem perfume de deserto, um gosto de areia distante do mar. Dizes que o teu corpo precisa da água do meu sexo. Digo que quero sentir o teu corpo inteiro dentro do meu. Agora.

Agora, sim. Tapas-me a boca com os teus dedos compridos, hábeis. Dizes-me que não fale mais, que já tem palavra demais nesse mundo.

Certo estou já que não haverá quem duvide que os desejos da Senhora foram eternos. O que só receio,

pelo contrário, é que não falte quem ponha dúvida a serem desejos. O bem — replicará algum filósofo —, o bem, que é o objecto da vontade, assim como tem diferentes tempos, assim causa na mesma vontade diferentes afectos. Porque o bem, ou é presente, ou passado, ou futuro: se é presente, causa gosto; se é passado, causa saudade; se é futuro, causa desejo. E como o bem, e sumo bem, objecto dos afectos da Senhora, que era o Filho único de Deus e seu, não só o tinha presente, senão mais que presente, porque o tinha dentro em si mesma, parece que antes havia de causar em seu coração júbilos de gosto, e não ânsias nem desejos. Quem discorre desta sorte, ainda não tem entendido que a presença, para ser presença, há de ter alguma coisa de ausência. O objecto da vista, para se poder ver, há de ser presente; mas, se está pegado e unido à mesma potência, é como se estivera ausente: há de estar apartado dos olhos para se poder ver. Assim a presença, para ser presença, não há de passar a ser íntima, nem há de estar totalmente unida, senão, de algum modo distante. É a queixa de Narciso, com verdadeira razão, em história fabulosa: *Quod cupio mecum est: inopem me copia fecit:* o que desejo, tenho-o em mim; e porque o tenho em mim, careço do que tenho. — Pois, que remédio? *Votum in amante novum:* o remédio é um desejo novo, qual nunca desejou quem amasse. E que desejo é este? *Vellem quod amamus abesse:* desejar que o que amo se ausente e se aparte de mim. — Tal era o desejo da Senhora, e tal a razão do seu desejo. Carecia do mesmo bem que tinha, porque o tinha dentro em si.

Era uma vez uma Lua presunçosa, que se julgava a grande descobridora do caminho celeste para o sexo. Sempre que observava um par de namorados a fazer amor ao luar, inchava de vaidade e espicaçava o vento para que expulsasse do céu alguma nuvem mais afoita que pudesse tapar-lhe a visão e o triunfo. Com o passar do tempo e o aumento de arrogância da Lua, se tornou cada vez mais freqüente que a aparição do amor redundasse numa zoaria entre a Lua, o vento e as nuvens, produzindo uma agitação tal que acabava por enxotar também os amantes, lá na Terra, resfriados. Inocentes, científicos, os amantes, cada vez mais maltratados pelos elementos, queixavam-se da poluição e do aquecimento global. Nos dias sem luar, as estrelas julgavam-se donas do sexo dos humanos — mas perto do mar, sofriam ainda forte competição de um coro de sereias que, embora velhinhas, trôpegas, roucas de tantos séculos a desviar marinheiros, mantinham um travo erótico na voz que levava os amantes a se imaginarem no Paraíso, e elas a se pretenderem as únicas e genuínas descobridoras do caminho marítimo para o sexo. Uma delas assustou certa vez um par enlaçado, que, olhando as ondas, a enxergou, de cabeleira desgrenhada e com uma venda de pirata num olho. Tratava-se de uma recordação sentimental de um pirata particularmente garboso — mas as outras sereias não quiseram saber de sentimentos e aposentaram-na compulsivamente, enviando-a para um museu, nas profundezas do oceano.

No fundo, a petulância da Lua não era mais do que uma conseqüência do desamor do Sol por ela, que se punha a fugir mal a via aproximar-se. Também o amor dos seres humanos pela Lua e pelas estrelas é fruto da enorme distância que os separa. Talvez por isso, é infinito. Como o sexo.

Esta é a verdadeira filosofia, porque o bem presente pode causar desejos, e porque a presença, para se

lograr, há de ter alguma coisa de ausência. O bem e sumo bem da Senhora, enquanto o tinha dentro em si, por muito presente, fazia-o presença invisível; porém, depois que o teve fora de si, e em seus braços, esta mesma distância, que era parte de ausência, fez que o pudesse ver e gozar.

Não dormi nada, Clara, e agora apareces-me fresca, sorridente, matinal, no restaurante do hotel, dizendo que aqui estás, pontual como uma estrela, a horas para a partida. Imploro-te que me digas por onde andaste, dizes-me que não tens alma para interrogatórios, nem idade, nem posição. Não dormi nada, Clara. Desconversas, perguntas se estou pronto para ir para o autocarro — nem o pequeno-almoço tomas. Insisto em que me contes por onde andaste, dizes que não adianta pressionar-te, e que és uma mulher livre. Digo-te que a liberdade não é tudo. Dizes que me engano, e que não estou só nesse engano — tenho muitos séculos de mortos comigo. E tu, quem tens, Clara? Respondes que tens António Vieira, o homem que te ensinou a virtude.

— A virtude? Que virtude, Clara?

— A única — dizes tu. — A da independência.

De tal modo há de luzir a vossa luz diante dos homens, que vejam eles as vossas boas obras, e glorifiquem a Deus. Isto é o que diz Cristo a Santo António. E isto não o podia fazer um português, entre portugueses. A primeira coisa que se lhe encarrega nestas palavras, é que há de luzir a sua luz: *Sic luceat lux vestra:* **e luzir português entre portugueses, e muito menos luzir com a sua luz, é coisa muito dificultosa na nossa terra. Com a luz alheia vi eu lá luzir alguns; mas com a**

própria, *lux vestra,* nem Santo António, quanto mais os outros. Toda a terra (porque toda é tocada deste vício) tem oposição com a luz. A lua quem a eclipsa? A terra; porque chegam lá as suas sombras. E o sol onde não chegam as sombras da terra, quem o escurece e encobre cada hora a nossos olhos? Também a terra. Levanta o sol com seus raios os vapores da terra, e esses mesmos vapores que ele levantou, condensando-se em nuvens, são os que o não deixam luzir. Tomam em si os resplendores do mesmo sol, e dourando-se com eles ou o escurecem de todo, ou no-lo tiram dos olhos. Preze-se, ou não se preze o sol de escurecer as estrelas do céu, que lá estão os vapores da terra, que o escurecerão a ele.

Sendo esta a condição natural de toda a terra, como grosseira enfim, rude e opaca, e nascida debaixo das trevas, *Terra erat inanis, et vacua, et tenebrae erant super faciem abyssi;* nenhuma terra há contudo entre todas as do mundo, que mais se oponha à luz, que a Lusitânia. Outra etimologia lhe dei eu no Sermão passado, mas como há vocábulos que admitem muitas derivações, e alguns que significam por antífrase o contrário do que soam; assim o entendo deste nome, posto que tão luzido. O mundo, dizem os Gramáticos, que se chama mundo, *Quia minime mundus;* e a morte Parca, *Quia nemini parcit.* E assim como o mundo se chama mundo, porque é imundo, e a morte se chama Parca, porque a ninguém perdoa, assim a nossa terra se pode chamar Lusitânia, porque a ninguém deixa luzir.

Sebastião, Sebastião, que faço eu ainda neste périplo? Avisas-me que estamos em Santo Amaro da Purificação, a terra do meu Caetano. Dizes-me que passamos agora em frente do número 179 da Rua do Amparo que é a casa da mãe dele, Dona Canô, e que por isso o motorista abranda. Descreves-me uma casa branca, com as janelas azuis, todas abertas. Peço-te que vejas se o vês — se bem que a esta hora da manhã, mesmo que estivesse nesta casa, ainda estaria a dormir. Informo-te de que é um noctívago, como eu. Mulheres, suspiras tu: por mais que se gabem de admirar os grandes escritores, acabam sempre por se embeiçar por cantores. A eterna cantiga do bandido tem resultados garantidos. E voltas a suspirar. Onde buscas um anjo, sou mulher. Digo-te que o Caetaninho não é nenhum bandido. E que também é escritor. O Caetaninho, suspiras:

— Um canastrão daqueles, Virgem Maria!

Digo-te que não sejas ciumento, que te fica mal. Para provares que não és ciumento lês-me a homenagem inscrita em frente da casa: "Caetano, poeta da terra, menino da gente, nós amamos você." Acrescentas que há outra inscrição, que reza assim: "Bethânia, de tuas cordas vocais emerge esta gente bonita, tua voz é a melhor notícia da terra que te gerou." E perguntas, à queima-roupa, com quem fui eu dormir ontem à noite. Onde pisas o chão, minha alma salta. Em vez de te retorquir, comento que é reconfortante encontrar uma terra que se orgulha dos seus filhos enquanto estão vivos. No nosso país só os mortos são amados, se é que se pode chamar amor à invocação regeneradora da voz dos mortos. Dizes, com escuridão na voz:

— Pouca terra, muita sombra.

A terra mais ocidental de todas é a Lusitânia. E porque se chama Ocidente aquela parte do mundo? Porventura, porque vivem ali menos, ou morrem mais os homens? Não; senão porque ali vão morrer, ali acabam, ali se sepultam, e se escondem todas as

luzes do firmamento. Sai no Oriente o sol com o dia coroado de raios, como rei e fonte da luz: sai a lua e as estrelas com a noite, como tochas acesas e cintilantes contra a escuridade das trevas, sobem por sua ordem ao Zénite, dão volta ao globo do mundo resplandecendo sempre e alumiando terras e mares; mas em chegando aos horizontes da Lusitânia, ali se afogam os raios, ali se sepultam os resplendores, ali desaparece e perece toda aquela pompa de luzes.

E se isto sucede aos lumes celestes e imortais; que nos lastimamos, Senhores, de ler os mesmos exemplos nas nossas histórias? Que foi um Afonso de Albuquerque no Oriente? Que foi um Duarte Pacheco? Que foi um D. João de Castro? Que foi um Nuno da Cunha, e tantos outros heróis famosos, senão uns astros e planetas lucidíssimos, que assim como alumiaram com estupendo resplendor aquele glorioso século, assim escurecerão todos os passados? Cada um era na gravidade do aspecto um Saturno, no valor militar um Marte, na prudência e diligência um Mercúrio, na altiveza e magnanimidade um Júpiter, na fé, e na religião, e no zelo de a propagar e estender entre aquelas vastíssimas gentilidades, um Sol. Mas depois de voarem nas asas da fama por todo o mundo estes astros, ou indígetes da nossa nação, onde foram parar, quando chegaram a ela? Um vereis privado com infâmia de governo, outro preso, e morto em um hospital, outro retirado e mudo em um deserto, e o melhor livrado de todos, o que se mandou sepultar nas ondas do Oceano, encomendando aos ventos levassem à sua Pátria as últimas vozes, com que dela se despedia: *Ingrata patria non possidebis ossa mea*.

Vede agora se eu tinha razão para dizer, que é natureza ou má condição da nossa Lusitânia não poder consentir que luzam os que nascem nela. E vede também

se podia Santo António deixar de deixar a Pátria, sendo filho de uma terra onde não se consente o luzir, e tendo-lhe mandado Cristo que luzisse: ***Sic luceat lux vestra.***

Tréguas, meu amigo. Deixa que Santo Amaro nos purifique. Concentremo-nos na voz de Marcos, na consoladora acumulação de factos que a musical voz de Marcos debita, porque se continuarmos a lançar palavras de pedra um ao outro vamos acabar bastante feridos. E já temos feridas de sobra, tu e eu, Sebastião.

— Excelentíssimos senhores, desafortunadamente não terão tempo para desfrutar dos encantos desta cidadezinha do Recôncavo Baiano, porém vou lhes desvendar um pouco da sua história. Os primeiros colonizadores aqui chegados instalaram-se nas margens do rio Traripe. Um incidente trágico causou a morte de um jesuíta, o que fez os moradores se deslocarem para um local próximo, onde construíram uma capela para Santo Amaro (hoje dedicada a Santa Luzia). Neste ponto se desenvolveu a cidade. O primeiro núcleo de povoamento data de 1557 e a região foi importante produtora de cana-de-açúcar, fumo e mandioca, surgindo engenhos e casas de farinha. Santo Amaro possui belas atrações naturais como grutas, cachoeiras e uma praia fluvial, além de alguns edifícios de grande valor histórico e arquitetônico, em particular igrejas, sendo a principal delas a de Nossa Senhora da Purificação. No mês de Fevereiro, nesta igreja acontece a tradicional lavagem da escadaria, organizada por essa verdadeira matriarca local que é dona Canô, com a participação de mais de quatrocentas baianas. Vamos apenas dar uma paradinha rápida no mercado local, mas peço que regressem ao ônibus impreterivelmente dentro de quinze minutos.

* * *

Veio a luz ao mundo, e os homens (quem tal havia de imaginar?) amaram mais as trevas, que a luz. Quantas vezes se vê isto no mundo, e eu o tenho visto? Ver os que luzem, é para rir; e ver os que não luzem, para chorar: *Dilexerunt magis tenebras, quam lucem.*

(Se eu tivesse olhos, Emanuel, poderia trair as imagens, poderia esquecê-las, acumulá-las, confundi-Ias. Não vendo, só te vejo a ti. Peço que me injectem imagens em catadupa, as igrejas e ruas e estátuas em que os que têm o sentido da visão se distraem das visões que os dominam. Mas não posso escolher. A cegueira obriga-me a ver o que é meu. E o que vejo, no escuro desta corrida a que me agrilhoo na ilusão de uma escolha que já não tenho, é o veludo da tua pele, o ferro do teu corpo fundindo-se no meu. E vejo, como se no vazio dos meus olhos se tivessem instalado os teus, a imagem do teu filho, azul como o mar e mais frio do que as ondas, a imagem desse teu filho que morreu afogado. E vejo, no fim da nossa noite — primeira, não sei se única, não sei se última noite —, o monumento funerário do teu filho. Um quadro preto com giz — terás tu esperança de que ele consiga fugir à mão dos anjos como fugiu à tua mão, e venha fazer-te desenhos na pedra que lhe deixaste? Vejo a lápide, vejo o giz, vejo o teu filho de dois anos desenhando um barco, desenhando as ondas do mar que o levaram. Ao meu redor eles falam, olham, fotografam, esquecem. E eu vejo continuamente — é esse o luxo e a maldição da cegueira.)

As trevas amadas, veneradas, e aplaudidas, como se foram luz, e a luz aborrecida, desestimada, e perseguida, como se fora trevas. Tal é, e tal costuma ser o juízo dos homens, ou seja por ignorância, ou

por malícia. Mas que remédio terá a luz para não ser aborrecida de tal gente? Se é aborrecida, porque veio ao mundo: ***Lux venit in mundum;*** **vá-se do mundo, e não será aborrecida. Assim o cuidava eu, e assim creio que bastará para com alguns homens, mas não para com todos.**

Referes-me que o mercado é muito colorido. Flutua um cheiro quente a especiarias e tabaco. Rolo de fumo, dizcs-mc tu. Faz-sc com sobras dc tabaco c mclaço. Era o tabaco que os escravos fumavam, e era também uma das moedas usadas para a compra de escravos. Três rolos por um homem em bom estado. Uma voz brasileira de mulher, junto de nós, diz que dava até dez rolos para achar um homem, mesmo já usado. Calor humano, dizes tu. Cor local. Não te assustes, aconselhas-me tu. Não me conheces, Sebastião. O calor humano nunca me assustou. Gosto desta sensação de corpos que se acotovelam familiarmente, do bruá das vozes misturadas. Dás-me a provar um cigarro de rolo de fumo. É forte, saboroso. Compro um rolo, para fumarmos mais tarde em honra da Bahia. Um cardume de pequenas mãos agarram-me a blusa:

— Tem caneta? Me dá caneta, minina.

Peço-te que me conduzas a uma lojeca onde possa comprar canetas e rebuçados para as crianças. Discordas, dizes que se dou a uns terei de dar a outros e nunca mais paro. Respondo-te que comprarei cinquenta esferográficas e dois sacos grandes de bombons, explico-te que não ficarei mais pobre por causa disso. Vais dizer-me que a caridade não resolve nada, Sebastião? Não respondes. Também não pretendo resolver nada, Sebastião. Quero apenas ouvir a alegria das crianças. Prazer meu, pequenino, egoísta, entendes? Gosto de dar. Gosto dessa palavra proscrita: caridade. Acresce que só no Brasil me tratam por menina. E por madama. Duas coisas que me ficam bem.

Nasceu no primeiro dia do mundo a luz, a qual não era outra coisa, que um globo daquele luminoso acidente criado na segunda ou terceira região do ar, dentro da qual fazia seu curso dividindo o dia da noite, e dando desde logo à duração composta de ambos, o período natural que hoje observam. É porém coisa muito digna de admirar, que enquanto aquela primeira luz se conservou no lugar ou região onde foi criada, não houve olhos criados, que a vissem; porque nem a terra e a água criados no primeiro dia, nem o firmamento no segundo, nem as plantas e ervas no terceiro tinham olhos.

Marcos explica-nos que Cachoeira significa "mar grande", e foi assim batizada pelos índios devido à quantidade das águas e à largura do rio Paraguaçu nesta região. A cidade nasceu de um engenho de açúcar, no século XVI, e foi um dos principais pólos econômicos da Bahia até ao século XIX. Não sei se aguento mais uma injecção de factos do passado glorioso. Estou estoirada. O autocarro cansa-me, através dos vidros não consigo chegar à paisagem. Não a incorporo, como diria Marcos. Dizes que vais tentar dar-me a ver Cachoeira através das palavras: trata-se de uma cidade colonial, com a atmosfera melancólica dos sítios que perderam o poder e guardam a memória dos seus crimes. Ruas de paralelepípedos, casas coloniais, aquilo a que aqui no Brasil chamam sobrados, com telhas e paredes de cores brilhantes como desenhos de criança, ar de restauro recente. Marcos diz-nos que passamos agora em frente da Irmandade da Boa Morte.

Trata-se de uma sociedade exclusivamente feminina, formada por mulheres, obrigatoriamente com mais de quarenta anos e descendentes de escravos. Foi fundada em 1820 por um grupo de negras alforriadas que vendiam petiscos na rua para comprar cartas de alforria para outros escravos. Pediam então ajuda a Nossa Senhora para libertar os escravos e conseguir regressar a África depois da morte. Brincas:

— Um movimento feminista de negras católicas, que curioso.

(Emanuel-Oxaguiam, que me interessa a mim o feminismo, e o Bom Sucesso das Armas de Portugal contra as de Holanda, e a talha dourada, e a tralha dos Antónios, um a querer salvar-me a alma, outro a levar-me os olhos, em bandeja, para um corpo que o aqueça numa sombra do Céu, que faço eu aqui com este Sebastião amigo que quer afogar na minha dor uma dor que desconheço? Que faço eu, confundindo as cores do dia e da noite, arrastando o tempo através do espaço e os sentimentos através dos seus contrários? Palavras, ladras que me roubam e estafam, chamas que lavram e me intoxicam. Emanuel, só tu não me pedes nada, tenho saudades tuas.)

Católicas, sim — mas não exactamente apostólicas romanas, estas Irmãs negras. Aderiram sem dúvida ao culto de Nossa Senhora da Boa Morte, que os jesuítas trouxeram para o Brasil. Os jesuítas tinham boa imagem junto de índios e escravos. Inspirados pelo exemplo e pelos sermões do Padre António Vieira, embora sem a coragem que só ele demonstrou, procuravam suavizar a vida destas populações. Mantinham a fé e os rituais do candomblé, às escondidas. Os escravos passaram séculos a ter de disfarçar os orixás debaixo dos altares dos santos católicos, e acabaram por rezar a santos e orixás em conjunto. Todos os santos e deuses não seriam demasiados para lhes insuflar esperança numa outra vida.

Quando se fala da doçura particular da colonização portuguesa, da miscigenação e da invenção do mulato e não sei que mais, esquece-se a realidade da escravatura: jornadas de trabalho de dezoito horas, ao sol, na agricultura, mutilações — os fugitivos e fugitivas eram punidos através do corte dos tendões —, os grilhões, as queimaduras com ferro em brasa no rosto, os açoites de chibata. Além de outros requintes, açaimes e máscaras de folha-de-flandres, extracção de dentes a sangue-frio, corte de orelhas dos mais escutadores ou das línguas dos mais faladores. Desprezamos o sofrimento de milhares de pessoas que viveram neste Inferno, subjugadas pelos gloriosos civilizadores do Brasil, desprezamo-los tanto que até a instituição do abuso sexual das escravas pelos senhores brancos passa, ainda hoje, por benemérita criação de uma raça nova.

De maneira que, de facto, esta Irmandade talvez tenha sido o primeiro movimento feminista negro do país. Hoje organizam a famosa Festa de Nossa Senhora da Boa Morte, que se celebra desde os primórdios do movimento abolicionista, durante a primeira quinzena do mês de Agosto, e que visa agradecer a Nossa Senhora a liberdade duramente conquistada. As cerimónias revestem-se de extraordinária riqueza, desde os trajes especiais e jóias que as mulheres usam, até às ceias oferecidas na casa da irmandade e o samba-de-roda, que caracteriza a parte profana da festa. Percebemos que as relações desta Irmandade com a Igreja Católica não têm sido simples. Ainda há relativamente pouco tempo, na década de oitenta, o pároco local confiscou bens da Irmandade, incluindo jóias e estátuas religiosas. Uma jovem advogada ofereceu-se para defender as Irmãs, e conseguiu encontrar documentos do século XIX que provavam que a Irmandade era de facto a dona das peças. Só em 1998 o caso ficou resolvido. Também em Terras de Vera Cruz a justiça se apresenta como uma rapariga preguiçosa e trapalhona.

O grupo prepara-se agora para visitar o edifício da Câmara, onde se encontra o Museu Municipal, para compreender melhor a história da cidade e o seu contributo para a independência do Brasil, tão marcante que Cachoeira acabou por ser distinguida com o título de cidade heróica. A guerra da independência teve aliás uma heroína feminina, Maria Quitéria, uma rapariga que se disfarçou de soldado e foi depois condecorada pela sua bravura. Estou demasiado cansada para farejar mais um museu. Esperaremos pelo grupo no café literário que fica quase em frente ao Museu, o "Pouso da Palavra". Pertence a um artista e poeta de Cachoeira, Damário DaCruz, que tem ali o seu *atelier*. A música da Bahia refresca o espaço do café, dizes que o sítio é muito agradável e tem alguns livros e discos, recitas um poema do tal Damário DaCruz:

— "A possibilidade/ de arriscar/ é que nos faz homens."

Digo-te que é uma verdade exacta, e eis que aparece o próprio poeta em pessoa, queixando-se do isolamento de Cachoeira, e prontificando-se a ler-me o resto do poema:

— "A possibilidade/ de arriscar/ é que nos faz homens. // Vôo perfeito/ no espaço que criamos. // Ninguém decide/ sobre os passos que evitamos. // Certeza/ de que não somos pássaros/ e que voamos. // Tristeza/ de que não vamos/ por medo dos caminhos. //"

Digo-lhe que todas aquelas palavras poderiam ser minhas, responde-me que para isso serve a poesia.

* * *

(Poesia. Poeira salgada do dia. Poesadia. A princípio faltavam-me as palavras. Nunca encontrava as palavras certas, por isso experimentava escrever poemas: acreditava que a arquitectura do verso geraria as palavras de que eu precisava, palavras com um mecanismo de relógio tão poderoso que estancasse o tempo. Essas palavras capazes de boiar sobre esse mar de morte que é o tempo, encontrei-as nos teus textos, Vieira — cordas de frases resistindo às intempéries e a si mesmas. Assim desisti dos rituais da poesia, fiz profissão de estudar as palavras dos outros — mas ralhavas-me sempre, António Vieira, puxavas-me as orelhas, não sei se pela minha desistência, se pela minha insistência nas palavras dos outros. Sempre foste um vaidoso, tu também, Vieira; até nisso és brasileiro e português; galo de Barcelos, mestre de capoeira, emplumado, lançando frases como lanças de fogo em mortais encarpados à cara dos miseráveis, vingando-te do mal que te faziam no bem que anunciavas, atirando a virtude, como um escândalo, à cara dos pecadores. A coragem é o ponto de exclamação da vaidade, à qual a compaixão faz de vírgula — os pecados de que desististe por amor a esse Deus que inventaste para não morrer, sublimaste-os a todos na vaidade. A luxúria, a cobiça, até a vontade de poder, a que hoje chamamos sucesso, tudo desfizeste e engoliste no caldeirão frugal da vaidade. É disso que me acusas, António, ouço-o agora muito bem: de não ter sabido encolher-me na vaidade, meter-me na sua sotaina de virtudes exemplares. Não, não sei ser exemplar, António Vieira; nem sei se ainda alguém o pode ser sem que se riam dele. Riram-se de ti também, bem o sei — mas ouviam-te, ouviram-te reis e rainhas, aceitaram-te os conselhos, tentaram merecer-te. Mesmo os que te expulsaram, os que te condenaram, os que te prenderam e calaram, tentaram merecer-te — e é isso ainda e só o que eu faço;

tentar merecer-te, sem contar sequer com os rigores de um Deus que me oriente e discipline.

O teu Deus estoirou, Vieira — Jeová, ou Alá, ou como quer que se lhe chame, consumiu-se nas fogueiras da Inquisição, nas câmaras de tortura e morte de todos os séculos, explode ainda agora nos corpos muito jovens dos bombistas suicidas. O Deus dos fiéis e dos infiéis serviu-te a ti, que soubeste amaciá-lo nos veludos do teu coração, afeiçoá-lo a essa manha portuguesa que, nas aflições, se disfarça com os nós da consolação. O teu Deus marinheiro, feito do braço dos Lusíadas e de uma justiça de tenças, está morto nos braços dos homens que em nome dele ainda matam, vive apenas no sopro dos teus textos que transporto sobre o mar — o teu mar, que já ninguém cruza, nesta civilização do ar. Estou cansada, António, cansada de pairar sobre o mundo, caricatura da caricatura do viandante que foste tu, de museu em museu, de muso em muso, procurando no cordame da tua voz a segurança da minha.)

Luzia a luz, e não havia olhos que a vissem luzir; alumiava ela só o universo, e não havia em todo o universo olhos que se alumiassem com ela, nem a vissem alumiar: distinguia as noites e os dias, mas não havia olhos que notassem a igualdade e concerto desta distinção, nem se alegrassem com a presença da mesma luz, ou sentissem sua ausência. Não sei se chame a isto desgraça da luz, se natureza do lugar, ou região em que nasceu ao mundo. Desenganai-vos, luz, ainda que sejais a primogénita do Criador, e a primeira de todo o criado, que enquanto não saíres do lugar onde nascestes, não há, nem hão-de haver olhos que se ponham em vós. Saí, saí desse berço natural, em que nascestes, passai a outros lugares estranhos

e remontados, e logo tereis olhos que vos vejam, que vos admirem, que vos amem, que vos celebrem, que vivam de vós e morram por vós. Assim foi. Ao quarto dia da criação tirou Deus a luz da região do ar, onde a criara, repartiu-a pelas esferas celestes com forma e nome de sol, de lua, e de estrelas; e logo no quinto dia e no sexto se desfez o mundo todo em olhos, que se alumiassem com a luz e a festejassem: olhos no mar, olhos no ar, olhos na terra; olhos nas aves, olhos nos peixes, olhos nos animais terrestres; e sobretudo olhos no homem, que não só lograsse os resplendores da luz, mas desse os devidos louvores ao Criador dela. De maneira, que esta mesma luz que hoje vemos e com que vemos todas as coisas, enquanto esteve e não saiu do lugar e região em que nascera, nem ela se via, nem se viam com ela as outras obras admiráveis da Omnipotência, e não por falta das obras, nem por falta da luz, senão por falta de olhos.

Explicas-me que estamos na Quinta do Tanque, nos arredores de Salvador, que actualmente alberga o Arquivo Público do Estado da Bahia. E voltas ao teu refrão: "Não vais mesmo dizer-me quem era o homem de ontem?" Respondo-te que nesta quinta passou Vieira os últimos anos da sua vida, a partir de 1681, trabalhando na versão derradeira dos seus *Sermões*. Estranhas que eu diga sempre Vieira, nunca o Padre. Para mim, Sebastião, ele não foi apenas nem sobretudo um padre. Foi um magistral escritor e orador, um pioneiro dos direitos humanos, e um bom diplomata — embora nem sempre acertasse nas causas e nos apoios. Deixou-se deslumbrar um bocadinho com o poder, o que o arrastou, aliás, para inúmeras decepções. Era um voluntário da ingenuidade, como costumam ser as pessoas que nascem com a mania de melhorar o mundo. Também teve azar; D. João IV, o rei em que ele depositou todas as esperanças, não tinha força para levar até ao fim a lealdade, era um acomodado.

Dizes-me que não tinhas essa ideia do Restaurador; afinal, foi o rei que nos tirou de cima os Filipes de Espanha. Explico-te que essa foi a versão que nos venderam na escola, sacrificando a verdade à pobre musiqueta do patriotismo infantil. D. João só aceitou ser rei quando Espanha, desconfiada das pretensões portuguesas, lhe deu ordem de marcha para a guerra contra os catalães. Porque até aí, os fidalgos revoltosos abordavam-no e ele encolhia-se. Gostava era de caça e descanso. De resto, nem aqui, neste lugar aparentemente tranquilo, Vieira teve sossego. Em 1688, a Ordem nomeou-o Visitador da Província do Brasil, e lá foi ele. Regressou a esta Quinta em 1691 e começou a escrever um ensaio que pretendia que fosse a chave de ouro da sua obra — a *Clavis Prophetarum, De Regno Christi in Terris Consummato.* Não chegaria a acabar o livro, até porque as invejas e intrigas continuavam a persegui-lo. Em 1694 os seus superiores acusaram-no de excesso de intervenção na eleição do procurador à Congregação Geral de Roma, e retiraram-lhe o direito a pregar. Andou com a censura à perna a vida inteira.

Dizes que não sabias que a Igreja chegava ao requinte de perseguir os seus. António Vieira nunca foi de ninguém, Sebastião; era isso que não lhe perdoavam. Ou melhor; foi dos amigos, porque tinha a amizade em alta conta. Era, acima de tudo, e mesmo face aos amigos, um espírito livre, e isso nem os amigos aguentavam. Como não lhe perdoaram a defesa estrénua dos índios, dos negros e dos cristãos-novos, que ele queria automaticamente equiparados aos velhos. Nessa derradeira intriga, seria ilibado das acusações, mas a notícia dessa ilibação viria a encontrá-lo já morto. Em 1696 a doença debilitava-o tanto que teve de ir para o Colégio dos Jesuítas, onde morreu a 18 de Julho de 1697.

Dizes-me que no pátio da Quinta do Tanque há um busto do Padre, e uma lápide evocativa, que foi descerrada em 1997, aquando do tricentenário da sua morte. Tem um excerto de uma carta de Vieira, que reza assim: "Adeus Tanque. Não vou buscar saúde na vida, senão um género de morte mais sossegado e quieto." E assim foi, Sebastião. Mas teve uma vida cheia. Uma vida que move ainda as nossas vidas, hoje.

Descreves-me o lusco-fusco, a hora em que todas as cores do dia se misturam e a insignificância do que somos se torna real. As nuvens correm, brancas e velozes, com uma melancolia de carta cifrada. Nenhuma é igual à outra e todas se parecem, mas não conseguimos agarrar-nos a nenhuma. O branco parece mais forte do que o peso do azul do céu, que escurece de minuto a minuto. Vieira pertence a este momento em que a cor do céu muda de repente, e não se sabe o que vai ser. É isso a Bahia. Primeira capital do Brasil, laboratório da humanidade futura. Vieira foi sobretudo bahiano, porque a Bahia de Todos os Santos é a consciência das infinitas possibilidades combinatórias do mundo.

São tão incapazes os olhos do invejoso de ver luzir (diz Santo António), que se um invejoso fosse ao céu logo havia de ficar totalmente cego; porque a luz da glória e bem-aventurança do próximo o havia de cegar. Do próximo disse, e não do bem-aventurado, com grande elegância e energia; porque a inveja sendo dor de olhos, é de olhos que olham ao perto (*proximi*) e não ao longe.

— Olá, Clara, disseram-me que ias para o Brasil.
— Estou no Brasil.

— Então serei breve, para te poupar no *roaming*. Queria agradecer-te, sei que o teu parecer positivo foi fundamental para que eu ficasse com o lugar do nosso querido João, paz à sua alma, aqui na universidade.

— Não tens que agradecer senão a ti e ao teu currículo. Foi só isso que avaliámos, procurando ser isentos.

— Bom, mas há sempre factores subjectivos, todos sabemos isso. Fico-te muito grata, a sério. E olha, se te vierem dizer que eu digo mal de ti, não acredites.

— Como?

— Sabes como é este pequeno meio. Alguém me veio dizer: "Tu dizes tão mal da Clara, e ela defendeu-te tanto." Fiquei surpreendidíssima. Com cara de parva, mesmo. Porque é público que temos as nossas divergências, mas daí a eu dizer mal de ti...

— É público? Que divergências?

— Nada de importante, Clara, minúcias epistemológicas. Sabes que eu tenho a mania do rigor, é só isso, e às vezes... mas não sei de onde vem esta má-língua.

— Não sabes?

— Não, eu praticamente não tenho vida social, mas sabes como é este meio...

— Mas quem te disse isso?

— Clara, por amor de Deus, não me peças nomes, não interessa nada, e eu detesto intrigas, não vou agora começar a debitar nomes, não achas?

— ...

— É uma peste, o falatório. As últimas semanas, então, têm sido um horror. Sabes que houve uma mudança grande na minha editora, não é, foi comprada por uma multinacional, na véspera da assinatura do contrato para a edição da minha tese. Pois imagina que me telefonou um ror de gente a perguntar se eu ia mudar de editora, para uma casa mais séria, ou se ficava nesta, que agora certamente irá privilegiar os *best-sellers*.

— ...

— É que não me largam o telefone. Até parece que eu sou o Harold Bloom, que exagero...

— O Harold Bloom também já teve melhores dias, deixa. Subiu-lhe o êxito à cabeça, sabes como é. Acontece muito.

— Pois, mas vê lá tu: só porque eu fui almoçar com o Joaquim Sabugosa, telefonaram-me logo a perguntar se eu ia mudar para a editora dele. Ora o Quim é um editor concorrente, mas é, antes de tudo, meu amigo há séculos.

— Eu nem sabia que tu tinhas séculos, Julinha.

— Tu e o teu sarcasmo... O que eu quero que percebas mesmo é que, se te vierem dizer que eu tenho alguma coisa contra ti, não acredites. Sobretudo desde que...

— Sobretudo desde que o quê?

— Nada, nada, não ligues. Estou muito cansada.

— Ninguém me vem dizer essas coisas, Maria Júlia. Eu não me dou com pessoas dessas.

— Nunca se sabe, nunca se sabe. Eu não me dou com quase ninguém, e olha as coisas que me vêm parar aos ouvidos.

— Estou a ver.

— Tinhas-me deixado uma mensagem, há uns dias, não foi? O que era?

— Nada de especial, Maria Júlia. Descobri que ainda tinha uma estante cheia de livros que, evidentemente, já não posso ler, e ia perguntar-te se os querias, só isso. Mas falamos depois, agora estou no Brasil, como te disse.

— Ah, pois... Obrigada pela tua generosidade, Clarinha. Nem sei que te diga.

— Não digas. Até depois.

— Um beijo, minha querida. Diverte-te muito.

— ...

* * *

Ainda não tendes advertido, que a inveja faz grande diferença dos mortos aos vivos, e dos presentes aos passados? Os olhos da inveja são como os do sacerdote Heli, dos quais diz o Texto sagrado, que não podiam ver a luz do Templo, senão depois que se apagava: *Oculi ejus caligaverant, nec poterat videre lucernam Dei, antequam extiingueretur.* **Enquanto as luzes são vivas, cada reflexo delas é um raio, que cega os olhos da inveja: porém depois que elas se apagaram, e muito mais se se metem largos anos em meio, então abre a inveja, como ave nocturna, os olhos; então vê o que não podia ver: então venera e celebra essas mesmas luzes, e levanta sobre as estrelas seus resplendores. Por isso disse com grande juízo S. Zeno Veronense, que todo o invejoso é inimigo dos presentes, e amigo dos passados:** *In omnibus se inimicum praesentium servat, amicum vero pereuntium.* **Os mesmos que agora amam, e veneram a Santo António, se viveram em seu tempo, o haviam de aborrecer e perseguir; e as mesmas maravilhas, que tanto celebram e encarecem, se foram obradas na sua Pátria, as haviam de escurecer e aniquilar.**

Marcos arrebanha-nos para dentro do ônibus:

— Depressa, gente, que temos muita beleza nos esperando.

Antes de seguirmos para o Centro Histórico, mais conhecido por bairro do Pelourinho, pararemos rapidamente no Forte de Santo António, para que possamos tirar umas fotografias. Por questões de defesa, os portugueses cercaram Salvador de fortes, de quinhentos em quinhentos metros. Hoje, esses fortes estão cercados de vendedores ambulantes. Marcos adverte-nos que, no meio dos vendedores, existe sempre um larápio tentando a sua sorte, e recomenda-nos um especial cuidado com as carteiras.

— Compra um colarzinho pra Neuza aqui, que dá sorte. Compra, senhora.

— Esse português, dantes, levava tudo — perguntava: quanto é o braço? E a gente ia logo pra casa, com a venda feita. Agora não leva nada. Parece pobre que nem nós.

— Ajuda o baiano, vai, que o baiano também é português.

— Leva uma estrela do mar da Bahia que atrai o sucesso, madama.

— Fotografou, tem que pagar, messiú. É o nosso trabalho, a dignidade do baiano, como é?

— *Pas d'argent. No money. No, pardon.*

— Não tem dinheiro? Não tem probrema, patrão, paga em euro.

— Que briga é aquela, Sebastião?

— É um jovem bailarino de capoeira que refila com um francês que acabou de o fotografar, a ele e ao seu grupo.

Se o pranto e o riso aparecessem neste grande teatro no traje da verdade — sempre nua — sem dúvida seria a vitória do pranto. Mas vestido, ornado e armado de uma tão superior eloquência, que o riso se ria do pranto, não é merecimento, foi sorte. De tudo quanto ri saiu vestido, ornado, e armado o riso: riem os prados, e saiu vestido de flores; ri-se a aurora, e saiu ornado de luzes; e se aos relâmpagos e raios chamou a Antiguidade *Risus Vestae et Vulcani*, entre tantos relâmpagos, trovões e raios de eloquência, quem não julgará ao miserável pranto cego, atónito, e fulminado? Tal é a fortuna ou a natureza destes dois contrários.

Por isso nasce o riso na boca, como eloquente, e o pranto nos olhos, como mudo.

Estamos na actual Catedral Basílica da Bahia, antiga Igreja do Colégio. Vemos a famosa cadeira de jacarandá, que a tradição assevera ter pertencido ao Padre, e a cela onde teria vivido e morrido. Aqui se cumpriu, com toda a solenidade, a cerimónia fúnebre de Vieira, com a presença do governador, D. João de Lencastre, e do bispo eleito de São Tomé, D. António da Penha de França. Dizes que Vieira teria ficado na sepultura nº 14, à direita do altar-mor. Estamos precisamente nesse lugar. Peço ajuda ao grupo para afastar um tapete, umas bandeiras e uns fios eléctricos. E, de facto, eis a sepultura 14. Estava ali, bem escondida. Dizes-me que não me iluda, Clara, que aí já não resta mais do que a memória de Vieira. O corpo foi retirado para parte incerta na época da expulsão dos jesuítas, e nunca mais se soube dele. Dizes-me que pouco importa o lugar dos corpos. Mora ainda aqui o espírito vivaz do menino António Vieira, que neste lugar aprendeu a ler. E, sobretudo, aqui encontrou, entre os frades missionários, o estímulo para pensar tudo, até ao fim. O Colégio dos Jesuítas seria, naquele tempo e no Brasil, uma escola vanguardista.

Demócrito ria sempre: logo nunca ria. A consequência parece difícil, e é evidente. O riso, como dizem todos os filósofos, nasce da novidade e da admiração, e cessando a novidade, ou a admiração, cessa também o riso; e como Demócrito se ria dos ordinários desconcertos do mundo, e o que é ordinário, e se vê sempre, não pode causar admiração nem novidade,

segue-se que nunca ria rindo sempre, pois não havia matéria que lhe motivasse o riso.

Peço-te que venhas dar um passeio comigo até à beira-mar, Clara. Aceitas. Há um choro que chama por ti dentro da tua voz. Há tanto tempo, sim — só agora o ouves, Clara? Digo-te que naquela outra noite, quando me fugiste, acabei por vaguear à beira-mar até de madrugada. Vi pares de namorados, grupos de bêbados... E uma escultura que me arrepiou, Clara. Nem era bem uma escultura, na verdade era uma pedra tumular — mas feita de ardósia, a ardósia dos quadros pretos em que as crianças escrevem.

Ao lado da pedra existe uma caixinha de metal onde está escrito: "Giz." E dentro da caixa há vários pedaços de giz branco e um apagador. Para que cada pessoa possa escrever o seu epitáfio. Porque o epitáfio real está numa laje, embutida no passeio ao lado. E diz isto, que agora, junto da pedra tumular, te leio:

— "Aqui jaz Alexandre Emanuel Faria Viana (8.5.2001 — 18.8.2003). Antes de morrer ele aprendeu a dizer "eu te amo", "por favor", "obrigado" e "perdão". Acreditamos que entendeu o sentido destas palavras. Morreu no mar, um lugar de que gostava muito. Mantemo-nos na Terra para honrar a luz da sua presença sobre ela. Tatiana e Emanuel."

Trouxe-te aqui porque queria contar-te que matei uma pessoa, Clara. Perguntas-me, com um fio de voz, se também eu tive um filho.

Não, Clara. Apenas o meu melhor amigo. Tínhamos vinte anos, vínhamos de um bar, já um bocado cambaleantes, eu pedi-lhe para conduzir, peguei no carro dele, acelerei e matei-o. Dizes-me que não o matei de propósito. Nem por isso ele está vivo e eu morto, Clara, como seria justo. Declaras que não nos foi dado deliberar sobre a justiça do mundo, mas sobre o Amor. Como uma pedra preciosa que temos de procurar num areal imenso.

Digo-te que sei onde está a minha pedra preciosa. Dizes-me que não sei nada, que o areal começa dentro do meu próprio sangue. Dizes-me que ainda nem comecei a procurar e que tenho de começar precisamente por esse amigo que morreu; tenho de perder a raiva de o ter assassinado. Dizes-me que, enquanto me sentir um assassino, não conseguirei amar ninguém. Não sei porque te conto estas coisas, Clara.

Há chorar com lágrimas, chorar sem lágrimas e chorar com riso: chorar com lágrimas é sinal de dor moderada; chorar sem lágrimas é sinal de maior dor; e chorar com riso é sinal de dor suma e excessiva.

Sei que estas coisas são fáceis de dizer, Sebastião, mas tens de fazer um esforço por acreditar nelas. Avancemos, que a excursão já vai longe. Marcos explica que a construção do convento do Carmo foi demorada: iniciada em 1586, só ficou concluída em 1730. O convento chegou a ser um autêntico quartel-general. Atrás das suas muralhas, os portugueses combateram a primeira invasão holandesa, em 1623. As janelas do piso térreo serviram de seteiras, e dali conseguiram sitiar e desgastar o invasor, até que, em 1625, os holandeses tiveram de assinar aqui, neste mesmo convento, a sua rendição. Conto-te que a invasão holandesa levou grande parte da população de Salvador a esconder-se no mato. António Vieira tinha então dezasseis anos, e saíra havia um ano da casa da família para o Colégio dos Jesuítas, com grande desgosto do pai. A fuga aos holandeses proporcionou-lhe o primeiro contacto com os índios, e Vieira aproveitou essa inesperada estadia numa aldeia índia para começar a aprender os idiomas nativos e aproximar-se daquela outra civilização, que o fascinou e o fez meditar sobre a unidade fundamental da natureza humana, para lá da variedade das culturas. Comentas que os bravos combatentes do século XVII ficariam muito surpreendidos se soubessem que essa fortaleza guerreira viria a transformar-se, no século XXI, no hotel de luxo que hoje o convento é. Ris-te; por um momento, tornas a ser o Sebastião de que gosto. Respondo-te que, de certa maneira, os turistas são também invasores; espalham o vírus do exotismo.

Informas-me que a sacristia, belíssima, é toda pintada a ouro. E que estamos diante de uma peça de uma beleza arrasadora: um *Cristo Atado na Coluna*, portentosamente esculpido em madeira, cravejado de rubis. Cada rubi é uma gota de sangue cintilante — como se o escultor tivesse embutido nesta peça preciosa toda a dor da sua vida de escravo, porque esta é a obra de um escravo do século XVIII, Francisco Chagas, conhecido como O Cabra. Pergunto-te se lhe posso tocar, dizes que infelizmente não, porque está protegido por uma vitrine. Murmuras-me que se o pudesse acariciar veria, melhor do que qualquer pessoa com olhos, a perfeição absoluta desta escultura. Acrescentas que só lhe falta respirar: músculos, tendões retesados, pele retalhada. Afirmas que esta imagem contém em simultâneo o louvor do corpo divino e o horror perante a tortura humana. Peço-te que não digas mais nada, e que me deixes ficar aqui um bocadinho, a sós. Sinto uma voz flutuando neste lugar, uma voz que me procura — mas não posso dizer-te isto, Sebastião, não quero que me tomes por louca. Se soubesses que ouço vozes, que trago dentro de mim vozes que desconheço, nunca mais serias capaz de voltar à tua vida, que não é a minha. Já te bastam as tuas mortes, querido Sebastião. Tu podes ressuscitar dos teus mortos na glória efémera do mundo visível. Tu não precisas de sombras nem fantasmas — vai Sebastião, regressa ao teu céu azul, deixa-me escutar o que tem para me dizer a voz que neste lugar de mortos me procura.

— Dona. Pelas chagas do senhor Jesus crucificado que nesta casa escura represento, escute o que eu tenho pra lhe falar, e não é muito, não. Não faça mais turismo, não. O português é que nem essas igrejas barrocas que a mão da gente fez a mandado dele: branco liso por fora, e todo emaranhado lá pelos interiores. Em vez de colocar a vaidade no liso, coloca nessa barbaridade de ouros, e fica fácil de pegar por espírito ruim. No frio dessas igrejas não tem Deus nosso senhor nem seus santos nem orixás nem salvação nenhuma. Só o sofrimento dos negros milhões de vezes pregados na cruz onde o Cristo branco sofreu uma vez. Não precisa procurar mais, não. Seu destino era a Bahia, dona, e no seu destino a dona já está.

Dizes-me que temos de ir. Digo-te que já não tenho de ir a lado nenhum, Sebastião. Perguntas-me o que é que se passa, digo-te que depois falamos. E seguimos a excursão.

— Olha a fitinha do Senhor do Bonfim. Que cor você quer, querida?

— Não quero nada, não vejo as cores. Sou cega, largue-me.

— Não fala assim, doçura. Não fuja, não. Tadinha. Como você não vê a cor vou eu te dar. Branco, que é a cor da paz, do Senhor do Bonfim e de Oxalá. Três desejos, belezura, três desejos em silêncio, depressa. Pronto, querida. Quando a fitinha se romper seus desejos se tornam realidade. Deus lhe ajude. E o senhor, não compra um agrado pra sua amiga?

— Não temos tempo, estamos numa excursão, vamos entrar na igreja.

— Entra, meu bem, igreja bonita é aqui na Bahia mesmo. Depois, à saída, você vem me procurar, vem falar à Selma, eu não saio daqui.

— Não, não quero.

— Não diz assim, "não" é uma palavra tão feia; diz que vai pensar, que assim não faz doer o coração.

— Entremos, entremos, Clara. Pensaste nos três desejos?

— Só tive tempo de pensar em dois. Também foste agarrado, Sebastião?

— Muito mais do que tu. Quando dei por mim já tinha três fitas postas: duas no braço direito e uma no esquerdo. E cobraram-me bem. Também é verdade que uma das fiteiras estava gravidíssima, tive pena dela.

— Guaraná, *whisky*, água, champanhe, com e sem gás! Virge! Hoje acho que vou morrer de fome. Esses turista tão muito fraquinho...

Pintas-me a igreja de São Francisco como um delírio barroco, com azulejos belíssimos e forrada a talha dourada do chão ao tecto. Depois entramos na porta ao lado, na igreja do convento da Ordem Terceira de São Francisco. Comunicam-nos que esta é a igreja onde casa a elite de Salvador, que os casamentos são uma das fontes de renda da Ordem, embora a Ordem prefira a qualidade à quantidade. A igreja e as elites continuam, portanto, de mãos dadas. Esclareces-me que as paredes do claustro do convento são forradas a painéis de azulejos azuis e brancos, preciosos — embora, nalguns casos, bastante danificados. Um dos painéis é particularmente valioso, porque se trata do único retrato conhecido do casamento de D. José I com D. Ana

Maria Vitória de Bourbon. Revelas-me que estes azulejos mostram ao pormenor a paisagem e a vida de Lisboa no século XVIII, como se em banda desenhada. Lamentas não saberes dar-mos a ver. Digo-te que não percas tanto tempo a ter pena, Sebastião. Sobretudo de mim. Vejo tudo aquilo de que preciso. Falei demasiado, como de costume, porque tu perguntas imediatamente:

— E a mim, será que me vês?

Quem te disse que eu preciso de te ver, Sebastião? Basta-me saber que existes.

Lembro-me da cor destas pedras que me atraiçoam os passos, Sebastião. São negras, irregulares. Trazem ecos de chicotes, a visão do sangue escravo que erigiu palácios e catedrais. Agarro-me ao teu braço. Vamos entrar na Igreja de Nossa Senhora do Rosário dos Pretos.

— "A igreja toda azul no meio da tarde, igreja dos escravos no largo onde se ergueram tronco e pelourinho. É reflexo do sol ou um laivo de sangue no chão de pedras? Tanto sangue correu sobre essas pedras, tanto gemido de dor subiu para esse céu, tanta súplica e tanta praga ressoaram nas paredes da igreja azul do Rosário dos Pretos." Vem isto a ser a mais perfeita e abreviada definição dessa igreja, senhora, tal como consta da obra *Tenda dos Milagres* do nosso babalaô Jorge Amado. Dá uma moedinha ao preto leitor, que já tá com a garganta seca de tanta récita.

Marcos explica-nos que esta igreja, iniciada nos primeiros anos do século XVIII pela Irmandade de Nossa Senhora do Rosário dos Homens Pretos do Pelourinho, foi construída à noite e de livre vontade pelos escravos que foram forçados a construir, dia a dia, todas as outras de Salvador. Precisou de quase um século para ser concluída e tingir de azul o coração do Centro Histórico. A fachada, com frontão rococó, reúne trabalhos delicados e belíssimas torres. No seu interior destacam-se os painéis de azulejos, os altares neoclássicos e três imagens do século XVIII — de Nossa Senhora do Rosário, Santo Antônio de Cartegerona e São Benedito. O painel do teto é de José Joaquim da Rocha. Nas traseiras da igreja localiza-se um antigo cemitério de escravos. Dizes que a sacristia parece a sala de jantar de uma casa de família modesta, com pão sobre a mesa. Na janela há um papel com estes dizeres: "Peça à Mãe que o Filho atende." Informas-me que no pátio há um altar com uma santa impressionante, a estátua do rosto de uma negra açaimada — Anastácia, que seria uma princesa bantu que veio para o Brasil escravizada. Por se ter recusado a ser amante do seu dono, e para que deixasse de pregar contra a escravidão, puseram-lhe uma gargantilha de ferro e taparam-lhe a boca com um açaime de folha-de-flandres. Morreu em 1838, vítima de gangrena, em consequência de tortura e maus-tratos. Como é que uma cidade tão bela foi construída em cima de tanta maldade, Sebastião?

A dor moderada solta as lágrimas, a grande as enxuga, as congela e as seca. Dor que pode sair pelos olhos não é grande dor; por isso não chorava Demócrito, e, como era pequena demonstração da sua dor, não só chorar com lágrimas, mas ainda sem elas, para declarar-se com o sinal maior, sempre se ria.

Nada digo que seja contrário aos princípios da verdadeira filosofia e da experiência. A mesma causa, quando é moderada e quando é excessiva produz efeitos contrários: a luz moderada faz ver, a excessiva cegar; a dor que não é excessiva rompe em vozes, a excessiva emudece. Desta sorte, a tristeza, se é moderada, faz chorar, se é excessiva, pode fazer rir; no seu contrário temos o exemplo: a alegria excessiva

faz chorar, e não só destila as lágrimas dos corações delicados e brandos, mas ainda dos fortes e duros.

— Bem-vinda.

— Obrigada.

— Pedi para lhe falar. O Emanuel lhe falou?

— Se me disse? Disse sim.

— Que bom, meu bem. Tenho coisas para te falar, a você que corre como o vento ao encontro de Iemanjá. Sentiu alguma hora aquela vontade forte de se jogar no mar?

— Sim... acho que sim. Às vezes tenho a sensação que me deixaria ir.

— Certa vez foi socorrida por um... cachorro. Tou certa?

— O *Mondego*, sim.

— É, isso foi aí há uns quatro anos, depois do acidente. Você achava que tinha o coração cheio de amor pelo homem que lhe fez isso, não era, querida?

— Ninguém me fez isto. Foi um tiroteio, uma bala atingiu-me e fiquei cega.

— Ah, minha filha... Eu vou contar pra você. O mar tem vontades, como o vento tem desejos. Nem sempre há comunicação entre vontades e desejos. Seu vento, de tão verdadeiro, pode carregar mentiras junto com ele. Esse homem, Antônio... não é? Mentiu para você e usou a sua cabeça para soprar a vaidade dele. Porque a vida vem do pensamento. É a cabeça quem ama, mesmo quando a gente não quer pensar. O coração é a nossa desculpa. O Tempo é uma medida da cabeça, e no tempo desse homem não havia o seu tempo, querida. Não era um homem bom.

— Como é que pode dizer isso? É absurdo. Eu não culpo ninguém. Além disso, o António morreu no tiroteio e não se ofendem os mortos que não estão cá para se defender.

— Tem razão, são sábias suas palavras, mas cê tem um destino e é esse destino que precisa cuidar. Esse homem morreu porque era o tempo dele. Mas não foi verdadeiro pra você. A essência dele era outra. A essência é a maneira de ser. Cada pessoa vibra numa determinada esfera. Isso não tem relação nenhuma com cultura. Você se deixou impressionar pela cultura erudita desse homem, mas para que a cultura e a erudição sejam formas de aprendizado têm que vir junto com a simplicidade. Esse homem não era simples, não — era um complicador, todo o contrário de um sábio. Ele falou pra você que tinha mulher e filhos? E não falou pra você que devolveria o dinheiro que você emprestou? E você nunca falou essas coisa pra ninguém, não foi?

— ...

— Não estou lhe criticando, minha filha. Quero apenas que siga o seu caminho. *Na pedra da ingratidão afia o amor as suas setas e quanto maior for a dureza, tanto mais as afina.* Isto escreveu um homem bom.

— Eu sei, conheço esse homem bom. Quem lhe ensinou isso?

— O senhor padre, na igreja, era eu bem menina. Nunca mais esqueci, que eu não sou mesmo de esquecer nada.

— Na igreja? A senhora vai à igreja?

— Eu vou em todo o lado onde Deus Nosso Senhor, ou os seus santos ou os orixás queiram falar comigo. A gente não deve perder oportunidade de ouvir a divindade, seja onde for que ela estiver, minha filha. São assim as coisas, a mãe está sabendo. Tenha sempre água do mar em casa, não combata Iemanjá. Faça banhos de sal grosso quando tiver sonhos ruins. Cê ainda sonha, não é? Pois então, faça como a mãe está lhe falando, tenha água em casa, purifique o corpo e a mente com banhos de sal e não se esconda nas coisas do mundo. Tem hora em que uma palavra é uma ação e tem hora em que uma não ação é também uma ação. Cê tá me seguindo, minha filha? Precisa sair desse caminho. Está se afogando em tristeza e as ondas de tristeza são demasiadas pra ocê engolir.

— Não sei o que dizer.

— Não fala nada, meu bem, não fala nada. Preste atenção nos homens que tem do seu lado.

— Quem? O Sebastião? É um amigo.

— Sim, um amigo. E os amigos são uma das maiores bênçãos do mundo. Mas tem outro também, não tem?

— O Emanuel? O Emanuel não sei se está propriamente ao meu lado.

— Ele pode lhe ajudar, minha filha. Ele sabe os caminhos.

— E a senhora sabe os caminhos?

— Alguns, alguns penso que sei. Mas agora até sei mais porque estou que nem você.

— Como eu?

— Sim, estou com oitenta e três anos e já não enxergo quase nada. Não falam que estou ficando cega, mas eu sei, eu sei muito bem que estou. E no branco infinito dos meus olhos é onde enxergo as poeiras que causam a danação do mundo. Enxergo até melhor, agora. Vai em paz, minha filha, tenta construir a paz e esquece esse homem. Dê uma chance pra você e prò seu mundo. Talvez cê possa ainda enxergar. Pegue cada dia com a mão, devagarzinho. Não se afobe em viagens, não se perca. A nossa essência chega até nós através do exercício da espera e da paciência. Que Deus lhe dê um bom dia, a cada dia.

O agricultor, para colher os frutos, rega as plantas: o impressor, para imprimir as letras, molha o papel;

e assim o deve fazer com as lágrimas quem quer imprimir os seus afectos e colher o fruto das suas persuasões.

Perguntas-me porque estou tão calada, Emanuel, tão triste. Tens medo que te estrague o filme, certamente. Não tenho nada para dizer. Perguntas-me se estou zangada contigo por causa da mãe-de-santo, se ela disse alguma coisa... inconveniente. Digo-te que não, mas que escusavas de lhe ter contado a minha vida. Dizes que não contaste nada. Juras. Dizes que sabes muito pouco da minha vida. Pedes-me que pense se ela não me disse nada que tu não soubesses, que eu não te tivesse dito. Disse, Emanuel.

E digo-te que também me podias ter dito que ela é cega. Perguntas se faria diferença, digo-te que tudo faz diferença. Ela sabia tudo sobre o António, mesmo coisas que nunca te disse. E, além do mais, disse mal dele, disse que era um demónio, má rês. Que era casado e com filhos e que me tinha usado e que eu tinha ficado cega por causa da maldade dele, como um reflexo da maldade dele. Percebes? Como se tivesse chegado o tempo dele, mas fosse necessário deixar cá uma assinatura da sua passagem pelo mundo e essa assinatura fosse a minha cegueira. Esta coisa que me faz pedir a torto e a direito que me digam se posso atravessar a rua, se ali é a casa de banho dos homens ou das mulheres, mijar de porta aberta porque não sei onde fica o trinco, ouvir as notícias e não ver nada, nada, nada. Percebes? Quero ler um livro e não há. Impresso em *braille*, quase nunca há. Não posso ir escolher roupa sozinha, porque não me vejo do outro lado do espelho, o meu corpo, o meu rosto.

Estou a perder os meus últimos anos de juventude, a possibilidade de me habituar no vagar de um espelho ao espectro da minha velhice. Estou a perder a Primavera, as cores da Primavera, as cores de tudo, o sorriso dos filhos dos meus amigos, os olhos a brilhar quando lhes dou isto ou aquilo, isto ou aquilo que tem de ser comprado com ajuda porque não posso ir sozinha, porque não posso andar sozinha, porque tenho que aturar esta coisa de depender da caridade alheia, de aplacar a caridade alheia. Porque estou cansada e gostava de conseguir acreditar que, por uma vez, tinha conhecido o amor verdadeiro. Em vez de me suicidar de desgosto, faço o esforço de sobreviver para celebrar esse amor, para ser uma pessoa inteira, e o que é que ganho? Uma mãe-de-santo a revelar-me que afinal o meu amor era um escroque, casado e com filhos. Com os filhos que eu já não terei. Um escroque que me tirou dinheiro que eu não tinha. Percebes?

Eram as lágrimas de Heráclito como a água, que, caindo pouco a pouco, vai limando suavemente os mármores, e enfim os rompe. Não digo eu somente os mármores: *Lacrimis adamanta movebis*, diz atrevida mas verdadeiramente Ovídio. As lágrimas, como lhe chamou o melhor filósofo de Grécia, são sangue da alma, e este — não o outro fabuloso — é o que lavra os diamantes.

— Tens a certeza de que a morada é esta, Clara?

— Tenho. Não me ia esquecer da morada nem que passassem mil anos.

— Tu é que sabes.

— É um prédio alto com uma porta de ferro trabalhado? Tem um porteiro?

— Sim, Clara, é isso tudo e tem o porteiro. E agora?

— Agora? Agora, Sebastião, vou falar com ele. Já sabes que a uma cega não se recusa nada.

— Clara, o facto de confirmares o casamento do António não te vai trazer nada.

— Vai, vai trazer-me a paz de espírito que aquela mãe-de-santo onde fui me roubou.

— Também ainda não percebi porque é que te foste meter nessas crendices.

— Nem eu, Sebastião. Não percebi, nem quero perceber. Só quero saber a verdade.

— A verdade, Clara... que interessa a verdade de um homem que já morreu? Tu estás viva, Clara, a tua vida continua.

— Olha, Sebastião, pareces a minha mãe a falar.

— Provavelmente porque, como ela, só quero o teu bem.

— Muito do mal do mundo vem de gente que só quer o bem dos outros. Sobre o que é o melhor para as mulheres, e em particular para as deficientes, toda a gente tem imensas ideias prontas. Esquecem-se é de perguntar se esse bem que querem para elas lhes parece bem a elas. Estou farta. Farta, farta.

— Farta de mim, também, Clara?

— Também, Sebastião.

— Sabes uma coisa, Clara? Vais ficar aqui, em pleno coração da cidade de São Salvador da Bahia. Tens uma passadeira à tua esquerda. Estou farto, também eu. Se precisares de mim, tenho o telemóvel ligado. Ao contrário do de outras pessoas, o meu está sempre ligado.

— Sebastião?

Não residem as lágrimas só nos olhos que vêem os objectos, mas nos mesmos objectos que são vistos: ali está a fonte, aqui está o rio; ali nascem as lágrimas,

aqui correm; e se as mesmas coisas que não vêem choram, quanto mais razão tem o homem que vê, e se vê?

— Ah, o cara do terceiro G? Sim, era o professor Antônio. Sumiu, foi com os anjos e os bandidos num tiroteio. Faz um tempão. Parece que até foi um cara valente, quis defender dos bandidos umas meninas.

— Um herói, sim.

— Pode ser, madama. Todo o homem tem seu momento. Mas, pra falar a verdade, eu nunca gostei do cara. Era meio vidrado nele próprio, cheio de nove horas, todo grifado dos pés à cabeça.

— Grifado?

— É. Grifado, só vestia roupa de *griffe*. Eu não sou homem que se cuide muito, é verdade, mas assim também acho feio, sempre cheio de *griffe*. Nem parecia um cara macho, parecia era uma vitrine de loja grã-fina. A madama conhecia ele?

— Ele vivia aqui no edifício há muito tempo?

— Não faz muito tempo, não. O professor casou com dona Clara...

— Clara?

— É. Uma mulher que é uma santa. Família com grana, coisa boa. Dona Clara é dona disso aí, do prédio todo. O professor — sabe que eu nem sei se o cara era mesmo professorado — casou e veio viver pr'áqui. Depois veio a criançada e assim. Ele viajava muito. Acho que tinha muita coisa rolando. A Dinah trabalha para a dona Clara há muito tempo, desde que ela era criança, e não gostava do professor. Não gostava nada, não. Dizia que ele tinha um feitiço ruim e que não dava pra respeitar um homem que vivia pendurado na grana da mulher. Uma vez escutei o cara falando no celular que só paquerava moça chamada Clara pra não se enganar. E o cara ria, ria muito. Parecia o Falabella. A madama sabe quem é o actor Falabella? Falam que tá com o maior sucesso lá em Portugal.

— Sei, sei muito bem. Vai muito a Portugal, sim.

— É. Portugal e Brasil são duas jóias do mesmo anel, não é mesmo?

— É.

— A madama quer subir pra falar com dona Clara? Cuido que ela está em casa.

— Não, obrigada. Não é preciso.

— Mas pra mim falar pra dona Clara que a senhora esteve aqui... como é mesmo o seu nome?

— Clara. Como as outras.

Notável criatura são os olhos! Admirável instrumento da natureza! Prodigioso artifício da Providência! Eles são a primeira origem da culpa, eles a primeira fonte da graça. São os olhos duas víboras metidas em duas covas, e que a tentação pôs o veneno, e a contrição a triaga. São duas setas com que o demónio se arma para nos ferir e perder, e são dois escudos com que Deus, depois de feridos, nos repara para nos salvar. Todos os sentidos do homem têm um só ofício; só os olhos têm dois. O ouvido ouve, o gosto gosta, o olfacto cheira, o tacto apalpa, só os olhos têm dois ofícios: ver e chorar. Estes serão os dois polos do nosso discurso.

Ninguém haverá, se tem entendimento, que não deseje saber por que ajuntou a natureza no mesmo instrumento as lágrimas e a vista, e por que uniu na mesma potência o ofício de chorar e o de ver? O ver é a acção mais alegre; o chorar a mais triste. Sem ver, como dizia Tobias, não há gosto, porque o sabor de todos os gostos é o ver; pelo contrário, o chorar é o estilado

da dor, o sangue da alma, a tinta do coração, o fel da vida, o líquido do sentimento. Por que ajuntou logo a natureza nos mesmos olhos dois efeitos tão contrários: ver e chorar? A razão e a experiência é esta: ajuntou a natureza a vista e as lágrimas, porque as lágrimas são consequência da vista; ajuntou a Providência o chorar com o ver, porque o ver é a causa do chorar. Sabeis porque choram os olhos? Porque vêem.

Não, não quero ouvir-te Sebastião. Não vou sequer responder-te. Não falarei com ninguém, esta noite. Basta-me escutar. Escutar, não tanto a superfície das conversas, mas a dor que dentro delas nada, silenciosamente. Os pianistas confessam-se nas teclas, no modo de atacar as notas. Sei quem são Adriano Jordão e Theodor Paraschivescu, conheço-lhes a infância e os sonhos, porque os ouvi tocar. No meio da tagarelice desta recepção consular continuo ao piano com eles, sem que eles dêem por mim. Esqueçam-se de mim, todos, esta noite. Esqueçam-me. É impossível a uma cega tornar-se invisível. Ah, a terrível bondade daqueles a quem nenhum sentido falta. Esmagam-me de compaixão. Falam-me alto, espaçadamente, como se eu também fosse surda. Agarram-me no braço, continuamente. Queria conhecer alguém que tivesse a sensibilidade de me tocar apenas com o olhar. Eu sei quando olham para mim. Mas precisamente eles evitam olhar para mim, não se olha uma aleijadinha. Deixem-me entrar nos vossos risos, deixem-me ser igual a vocês.

Perguntas-me por que choro. Ainda bem que choro, Sebastião. É sinal de que os meus olhos ainda servem para alguma coisa. Escoam o naufrágio do meu coração. Pedes-me que deixe que me seques as lágrimas, e começas a beijar-me os olhos — mas já não há beijos que possam acender-me os olhos, Sebastião. Rogas-me que te deixe amares-me, só esta noite. Prometes que amanhã de manhã voltarás a ser o amigo que eu quero. Mas é sempre como amigo que te quero, Sebastião. Não posso perder isso, ou perco tudo. Amantes há muitos, esboroam-se com a madrugada. Dizes que me desejas muito. Tanto. Peço-te desculpa. Sei que não devia ter-te metido nesta situação ambígua. Empurro-te para a varanda, quero fumar um cigarro. Ralhas-me por fumar demais. Sim, Sebastião, por isso mesmo é que fiquei cega. Insisto em que venhas para a varanda, respiras fundo e isso passa-te. Afianças que não passa nunca. Que atravessas as noites em claro a olhar para mim, a guardar o meu sono, a tentar adivinhar-me os sonhos. Esse teu programa de cinema parece-me um bocadinho monótono, Sebastião. Pedes-me que não desconverse. Não tenho como não desconversar. Amo-te como amigo, Sebastião. Acredita que é esse o amor que dura. Dizes que a medida da duração é a intensidade. Dizes que o tempo é uma medida do sentimento, não dos dias que passam. Dizes que os amigos também se deslaçam, perdem-se. Também eu perdi vários, no tempo em que acreditava que a amizade podia ser múltipla e infinita. Agora só te tenho a ti, e não quero perder-te a troco de uma noite de sexo. Porque sei que te perderia, Sebastião. E não aguento mais perdas. Há pessoas que eu considerava minhas amigas e que nunca mais vi desde que deixei de ver. Esfumaram-se no ar, Sebastião. Restam-me os mortos, os mortos que me falam com as palavras transparentes que escapam aos vivos, os mortos que sabem quem eu sou. Atraio a morte; é isso que te atrai em mim.

* * *

Vede que misteriosamente puseram as lágrimas nos olhos a natureza, a justiça, a razão, a graça. A natureza para remédio, a justiça para castigo, a razão para arrependimento, a graça para triunfo. Como pelos olhos se contrai a mácula do pecado, pôs a natureza nos olhos as lágrimas, para que com aquela água se lavassem as manchas; como pelos olhos se admite a culpa, pôs a justiça nos olhos as lágrimas, para que estivesse o suplício no mesmo lugar do delito; como pelos olhos se concebe a ofensa, pôs a razão nos olhos as lágrimas, para que onde se fundiu a ingratidão, a desfizesse o arrependimento; e como pelos olhos entram os inimigos à alma, pôs a graça nos olhos as lágrimas, para que pelas mesmas brechas, por onde entraram vencedores, os fizesse sair correndo. Entrou Jonas pela boca da baleia pecador; saía Jonas pela boca da baleia arrependido. Razão é logo, e justiça, e não só graça, senão natureza, que pois os olhos são a fonte universal de todos os pecados, sejam os rios de suas lágrimas a satisfação também universal de todos, e que paguem os olhos por todos chorando, já que pecaram em todos vendo: ***Quo fonte manavit nefas, Fluent perennes lacrimae.***

Estamos na varanda do Gabinete Português de Leitura, no centro da Praça da Piedade. Nesta praça foram esquartejados, em 1798, quatro negros mártires da revolta da Inconfidência Mineira. Um deles, Luís Gonzaga das Virgens, celebrizou-se por ter respondido à pergunta: "O que é a liberdade?" da seguinte forma: "A liberdade é a doçura da vida." É esse visceral entendimento da liberdade o que faz a graça e a garra do Brasil — e, em especial, da Bahia. Perguntas a Marcos se o rapaz que está num banco do jardim a falar no celular não é um dos possuídos da outra noite, no candomblé. Marcos confirma: o cavalo dos orixás é, na vida real, professor universitário de Sociologia. Todo o discurso de Marcos é estruturado de forma a convencer-nos de que, lá bem no fundo, só os orixás são verdade. Agora mesmo, embrulha-se numa discussão interminável com um católico do grupo, acerca do que se entende como alma, porque se lembrou de dizer que o catolicismo dos tempos esclavagistas considerava os negros como desalmados. A estratégia de Marcos assemelha-se à dos laicos produtores daquilo a que hoje chamamos informação: usa as maiúsculas da História — uma senhora de costas largas, e muito sambista — de acordo com as suas conveniências. António Vieira procurou fazer o mesmo — mas a torrente do génio arrastava-lhe o pensamento para lá das circunstâncias, e ele acabava sempre por escrever sobre essa matéria escaldante, carnal e enigmática, que é o coração dos Homens. Existam ou não Deuses, santos e orixás, a realidade é que Marcos, ao qual o inclemente Oxalufam proíbe qualquer contacto com o mar, ficou de facto doente depois de ter apanhado uns pingos de onda, na travessia que a sua vida real de guia o forçou a fazer ontem até à ilha de Itaparica.

Em frente à varanda do nosso hotel está um homem sentado a ler, encostado a um cartaz que diz: "Vamos mudar o mundo." Dizes que não sabias que ainda se escreviam coisas destas. Ainda bem que se escrevem coisas destas, Sebastião. Que seria de nós sem a banalidade da utopia? Afirmas que os que querem mudar o mundo, assim de uma vez só, acabam inevitavelmente por o tornar pior. Digo-te que nem todos. Lembro-te outra vez António Vieira: mudar, aperfeiçoar, ter noção dos limites e das responsabilidades, viver em função do outro porque é no outro que somos melhores. Argumentas que isso é muito cristão. E muito comunista. E um bocadinho demagógico. Repetes: Clara, Clara. Perguntas se não poderia eu deleitar-me com algo mais moderno. Decides que o Padre António Vieira, com os seus delírios de um Quinto Império, é uma figura de alucinado. Um doido. Digo-te que não há nada mais moderno do que a loucura. Acrescento que essa tua fé no absoluto da ciência, essa convicção de que a vida pode ser entendida a partir do microscópio, também pode ser uma loucura. Ou uma fraqueza. Falas das intuições de António Vieira como de charlatanices, Sebastião, e isso é-me insuportável. O seu sonhado Quinto Império pode parecer-nos hoje muito datado, mas a forma como ele o descreve e o ideal que nele representa é muito mais vasto do que isso. A tua perspectiva puramente visual dá-me raiva, Sebastião.

Anotas que a raiva me toma demasiado espaço, e é pena. Pena. Já não consigo ouvir a palavra pena, Sebastião. Chamas-me querida, minha querida, dizes que a raiva acaba por ser uma prisão como as outras. Digo-te que onde há seres humanos, há prisões. Vejo o relógio, estou a ficar atrasada, começo a maquilhar-me. Confessas que é extraordinário ver como eu me maquilho. Pergunto-te se também te dá pena. Se estou a borrar a pintura. Dizes que não, indagas porque me pinto, se vou sair. Sim, vêm-me buscar, Sebastião. E trazer, não te preocupes. Queres saber se regressarei a tempo de ir ao teatro convosco, com o grupo. Sebastião, Sebastião, achas que um espectáculo de dança é um bom programa para mim? Achas? Balbucias que há a música. E as vozes. Nem sempre isso me basta, Sebastião. Digo-te:

— Diverte-te.

Tacteio a porta, e saio.

Notável filosofia é a dos nossos olhos no chorar e não chorar. Se choramos, o nosso ver foi a causa,

e se não choramos, o nosso ver é o impedimento. Como estes nossos olhos são as portas do ver e do chorar, encontram-se nestas portas as lágrimas com as vistas: as vistas para entrar, as lágrimas para sair. E porque as lágrimas são mais grossas, e as vistas mais sutis, entram de tropel as vistas, e não podem sair as lágrimas. Vistes já nas barras do mar encontrar-se a força da maré com as correntes dos rios? E porque o peso do mar é mais poderoso, vistes como as ondas entram, e os rios param? Pois o mesmo passa nos nossos olhos. Todos os objectos deste mar imenso do mundo, e mais os que mais amamos, são as ondas, que umas sobre as outras entram pelos nossos olhos, e ainda que as lágrimas dos mesmos olhos tenham tantas causas para sair, como o sentido do ver pode mais que o sentimento do chorar, vemos quando havíamos de chorar, e não choramos, porque não cessamos de ver.

Depois de tu saíres, Clara, assisti a uma conversa interessante, na televisão, com um economista chamado Richard Layard, que analisava um inquérito internacional sobre a confiança. O Brasil ficou em último lugar, porque apenas cinco por cento da população afirmava confiar, à partida, nas outras pessoas, contra sessenta e quatro por cento na Escandinávia. E explicava que só a subida dessa percentagem de confiança poderia fazer com que a economia do Brasil florescesse. Declaras que o atraso económico é também uma forma de lutar contra uma escravidão. Afirmas que cinco por cento de cento e oitenta e oito milhões de pessoas ainda é muita gente.

Estás enervantemente bem disposta. O teu optimismo já entrou na fase supra-humano. Tento ser irónico, avento que qualquer dia, se não tens cuidado, te tornas uma santa. Citas Millôr Fernandes: "ser santo é uma ambição pecaminosa", e dizes que posso ficar descansado, porque não tens nenhuma tendência para o sacrifício. Juras que gostas muito do prazer, da vida, do calor, do mar, das coisas quentes. Esclareces que também gostas de dificuldades, é o teu vício. Dizes que é mais fácil ser-se um bisonho domesticado do que um feroz alegre. Dizes que a tristeza tem um carisma instantâneo que a alegria só atinge depois de muito sofrida. Alegas que não se pode dizer que a alegria seja, no Brasil, uma disciplina, porque o Brasil é indisciplinado por natureza; em vez de macaquinhos no sótão, tem macaquinhos pulando para dentro das janelas em pleno Rio de Janeiro. Digo-te que, no Brasil, a morte pula para dentro da vida em qualquer canto de bairro. Recordas-me que sabes isso melhor do que ninguém. Eu sei que tu sabes, Clara — só queria apagar esse sorriso radioso que tu trazes da rua, esse sorriso que contraíste longe de mim, nos braços de outro homem, cega, cega, cega ao amor cego que tenho por ti, cega ao meu sofrimento. Clara, Clara, porque me arrastaste contigo para este inferno? Dizes-me que estás cansada. Que vais dormir. E que amanhã eu sigo sem ti, porque tu ficas na Bahia. Não podes fazer-me isto. Lembro-te que me meti nesta viagem por causa de ti. Pedes-me que não te cobre. Relembras-me que te disse inúmeras vezes que estava a adorar a excursão. Adoro-te a ti, Clara — não vês isso. Não irei sem ti. Dizes-me que faça o que quiser, mas ficarás aqui sem mim. Pergunto-te o que ficarás a fazer sozinha em Salvador. Dizes-me que já não estás sozinha. Pedes-me que não te pergunte mais nada. Garantes que nos apanharás na viagem de regresso a Portugal. Pergunto-te se nos meteste nesta excursão para te livrares de mim. Replicas que vais fazer de conta que nem ouviste esta frase. Depois viras-me costas, deitas-te e desejas-me:

— Bons sonhos, Sebastião.

Desejo

E se me perguntarem os filósofos, como podia o desejo fazer eternos aqueles dias, sendo de tão poucos meses, respondo que o modo foi, e a razão é porque os desejos da Senhora e os O O dos mesmos desejos — que também são rodas — unidos e acrescentados à roda do tempo, posto que o tempo fosse finito, eles o multiplicavam infinitamente.

ANTÓNIO VIEIRA, *SERMÃO DE NOSSA SENHORA DO Ó*

Não me procureis onde eu não estou, Clara senhora. Nunca tomei o Maranhão como morada, apenas por lá me foi dado penar, por entre corações de pedra que o escopro das minhas palavras jamais sequer logrou arranhar, quanto mais quebrar. É necessário trabalhar com a língua, dobrando-a, torcendo-a, e dando-lhe mil voltas para que ela chegue a pronunciar a escuridade que escorraça de si mesma a alma. O Maranhão foi uma escada de paciência na impaciência do meu percurso terreno. Fiquei grato à desumanidade que me forçou ao talhe rijo das palavras — mas de que valeram essas palavras, senão de bálsamo à minha póstuma vaidade? Que alguém como vós busque ainda nas minhas letras alguma luz, é um sinal de que o amor que entre elas pobremente estremecia transporta ainda a cor do sangue desse Jesus Cristo que se deixou crucificar para descrucificar a humanidade. É esse amor o que perseguis, senhora, cuidando que o encontrareis na minha história. Tanto engano por adoração de enredos! Jesus pregava por parábolas e poucos souberam ler a imobilidade dos factos da alma por detrás dos meandros das parábolas — e assim permanecem os homens de hoje, fixos nos acontecimentos e incapazes de penetrar no esplendor íntimo do desacontecimento que é a alma.

Perdoai-me que vos interpele como se vos fosse o íntimo amigo que quereis ver em mim: amaríeis esse homem morto se não vos tivesse morrido nele o fulgor dos olhos? Amais o homem ou o círculo da vida que nele desenhaste inteiro? Amais o homem ou a esfera abstracta da vossa alma projectada nele? Amais esse outro homem no qual procuras serenar a efémera veemência da carne, ou amais a vossa imagem projectada no desejo dele? Cuidai que em cada espelho espreita um demónio mudo — e o corpo carnal é o mais curvo dos espelhos, quem nele se mira mais se admira e distrai, mais se aparta do seu poder de descobrimento. Amais quem amas, ou quem sabes que já não pode pedir-vos nada? Buscais-me a mim ou o sentido da vossa existência nas minhas circulares pregações? Procurai a vossa esfera particular, senhora, que não é a das minhas palavras nem a dos trilhos dos outros. Procurai-a pelos olhos dentro, que para isso vos retirou Deus os olhos de fora. Conheceis já a dor como único remédio do bem perdido; é tempo de reconhecerdes que o maior bem perdido é a dor que se perde. E não vos desfaçais destas palavras que em verdade vos digo, como se de um sonho. Sonho é aquilo a que chamais vida, sonho são as frases que arrancais, como constelações órfãs, à harmonia celeste dos escritos que a mão de Deus me confiou.

Abandonei o grupo de seguidores de António Vieira, e no entanto a voz dele ressoa continuamente em mim. A voz dele, ou a voz do meu sonho dele? Lancei-me para a ilusão da viagem, como se, deixando o mundo conhecido, pudesse tornar-me eu também uma desconhecida

— cega de nascença, capaz de ver como os cegos vêem. Porém, arrastei o pobre Sebastião para esta viagem, como quem transporta uma maleta de cosméticos — para ter o conforto dos cremes e perfumes habituais, lá no novo mundo. Terra de Vera Cruz — Brasiluz ou Brasilusão? A música das palavras estilhaçou-se no túnel de silêncio que a cegueira construiu dentro de mim. A cegueira cresce como um longo ouvido, sim — mas os que vêem não se apercebem do silêncio aterrador que se amplia nesse hiperouvido. O roer do tempo torna-se audível. Pouco a pouco torna-se mesmo o único ruído audível, um roer de castor, uma parada de castores trabalhando em uníssono nas circunvoluções do nosso cérebro, mastigando-nos os ficheiros da memória. Insónias dedicadas à tipologia dos azuis: azul-anil, azul-atlântico, azul-petróleo, azul-noite, azul-desespero.

Um dia desiste-se das cores, da insidiosa subtileza das cores. Desiste-se de se fazer de conta que se vive como os outros. Então declina-se a cegueira como revolução, porta de passagem para um outro mundo, a começar do zero. E falha-se, como falham as revoluções, suicidadas por essa arrogância ingrata que sofismamos em candura. Falha-se, porque ninguém pode, nem verdadeiramente quer, começar do zero. Que zero é o zero? O zero da pedra, o zero do Jardim do Éden com as suas maçãs biológicas e as suas serpentes conversadeiras? Ou o zero do cem por cento de algodão, do microondas e das bombas nucleares? Que partícula do zero podemos decidir? Ser cego é não poder desistir dos sons. Esse órgão agigantado já não é um ouvido, um mecanismo humano, falível, atravessado pela mentira fácil, confortável, da visão. Acabaram-se os sorrisos, o próprio tacto cede aos seus equívocos. Só a voz não tem o poder de trair, esse poder fulgurante que determinou a prevalência do Homem sobre a Terra e esse trajecto circular, épico, entorpecente, a que se pôs o nome de progresso. A palavra inicial continha já em si o poder de ligar e o de dividir, a energia bélica que está na origem da arte e da guerra. A palavra é um utensílio sofisticado que serve para tapar a voz.

Na amabilidade das palavras oculto o rumor de desolação que me treme na garganta — mas a cegueira conduziu-me a esse dom que eu não queria, de ver as vozes à transparência das palavras. Não tenho como me distrair: sou inteiramente vulnerável à brutalidade das vozes, aos sentimentos incontrolados que circulam nelas, mordendo como piranhas. Centro-me no sentido específico de cada palavra, tento anular a voz que ouço, transformá-la numa cortina de fundo — mas a palavra dança e decompõe-se, quebra-se em estilhaços de vidro que voam dentro do meu corpo-ouvido, ferindo-o, primeiro, e abrindo-o em chaga, depois, porque dentro do ouvido do que é o meu corpo agita-se uma corrida de criança atraída pelo brilho das coisas perigosas. Palavras estilhaçadas. Despalavradas. Os substantivos abstractos, nenhum sobrevive ao impacto. Amor. Teríamos que inventar uma palavra para cada espécie de amor e para cada amante e para cada instante da experiência física ou metafísica dessa exaltação sem fórmula. Amor, diz-me a vendedora de bugigangas na rua, e quer dizer compra-me qualquer coisa. Ou quer dizer tenho fome. Ou quer dizer ajuda-me. Ou deixa-me em paz. E eu agora sei sempre o que quer dizer — e sei que quase sempre não quer dizer nada. As palavras já não me protegem, estão todas em cacos.

Preciso de palavras novas, uma língua muda, de palavras escritas e lidas em silêncio, com a minha voz, a voz misturada, modulada, radiofónica que eu possuía quando ainda não tinha entrado no abissal túnel das vozes. Palalavras que me permitam fugir do palapântano onde me afundo. Palavras que eu repetiria em surdina antes de pronunciar em voz alta, palavras tão diferentes das que existem que eu pudesse mostrá-las a frio, branco sobre branco, flocos de neve fundindo a minha recordação da mágoa. Mudei de hemisfério e de sotaque, acreditando que deixaria de escutar a verdade das vozes sob a melodia cor de doce de leite do português do Brasil. Ledo engano — a densidade da dor eleva-se, no balanço meigo destas vozes, a níveis que a minha alma desconhecia. Tudo aqui me fala; o ar, as estrelas, os anjos barrocos, o espectro de António Vieira, o Cristo crucificado com sangue de rubis, o sol, as chuvas repentinas — e o mar, que nunca se cala.

Variamente pintaram os antigos a que eles chamaram a fortuna. Uns lhe puseram na mão o mundo, outros uma cornucópia, outros um leme; uns a formaram de ouro, outros de vidro, e todos a fizeram cega, todos em figura de mulher, todos com asas nos pés, e os pés sobre uma roda.

Partida, parti. Falsa partida — haverá outras? Onde quer que aportemos, acompanha-nos um caudal de notícias, a História do lugar que deixámos, as inquietações do lugar onde chegámos. A notícia da restauração da independência de Portugal demorou um ano a chegar ao Brasil português de António Vieira. De cada vez que Vieira se metia num barco para atravessar o Atlântico, de um Portugal a outro, que não o era e que era o seu, sabia que podia morrer — tantas vezes viu a morte à sua frente, ondas como torres desabando, ou piratas sem perna de pau.

Nu como um recém-nascido o largaram, nos penhascos da ilha Graciosa, dos Açores. Partira às escondidas, no dia 17 de Junho de 1654, escapando à turba furiosa de maranhenses que não aguentara ver-se retratada na sua infâmia no valente Sermão de Santo António aos peixes, na catedral de São Luís. A meio do Atlântico a nau foi tomada por um demónio marinho; rezava Vieira pela salvação eterna dos que com ele se afogavam, quando surgiu um barco de piratas holandeses que os salvaram, espoliaram, e os soltaram ao largo dos Açores, apenas com esse invólucro da alma a que chamamos pele. António Vieira tinha a ciência do naufrágio — conquistara-a cedo, a sua viagem inicial para o Brasil fora um sobressalto de vagas e suplícios. Ressuscitava em sobrevida — com um incêndio no lugar do coração, um incêndio que foi apurando nele a traça subversiva de personagem do futuro. Pobres fogos-fátuos, as nossas deambulações contemporâneas! Estamos perdidos e mudamos de lugar, esperando menos encontrar-nos do que esconder a nossa perdição.

De repente falta-me a conversa e a mão do Sebastião, que me sobravam quando as tinha. Conseguirei sobreviver na solidão do meu orgulho, num país a que chamei meu sem que ele me chamasse? Podes cerrar-me o punho numa esfera, recusando-me a tua férrea mão, podes atroar-me as noites com a tua voz escarpada — eu não desisto de caminhar contigo, e nisso, pelo menos nisso, assemelho-me a ti. Nua como as tuas santas na flor do martírio, nua e náufraga como tu, dessa vez em que atravessaste o Atlântico em busca de cura para a mordida das hidras do Maranhão e a hidra holandesa te despojou de haveres e vergonhas, despejando-te nas águas dos Açores. Somos sobreviventes de um mar em escombros.

A verdade que vos digo é que no Maranhão não há verdade.

* * *

— Clarinha! Como vais? Ainda estás no Brasil?

— Sim, ainda. Quem fala?

— Tão depressa esqueces a voz dos amigos? Sou o Diogo. Diogo Mendonça. Quando é que voltas?

— Não sei. Porque é que perguntas?

— É que há por aqui umas chatices... E eu preciso do teu apoio.

— Apoio, para quê?

— É que a Maria Júlia... bom, eu descobri que a tese da Maria Júlia é mais do que inspirada numa outra tese, publicada por uma universidade americana.

— Estás a dizer que a tese da Maria Júlia é um plágio?

— Pois, quer dizer, pelo menos em parte... Mas se for eu a denunciar isto vai parecer mal, entendes? Afinal, se não tivesse sido ela a ficar com o lugar do nosso saudoso João, teria sido eu, não é?

— ...

— Não dizes nada?

— Não sei que dizer. Não percebo o que tenho eu a ver com isso.

— Vá lá, Clarinha... Todos nós sabemos que tu deste um parecer favorável à entrada da Maria Júlia. Claro que não podias adivinhar que ela te iria colocar, quero dizer, que ela iria colocar a Universidade nesta situação embaraçosa... Porque é do prestígio da Universidade que se trata.

— E então?

— Então, evidentemente, seria bom que tu te demarcasses desta bronca, que pusesses por escrito que não sabias de nada...

— E não sei, Diogo. Nem sequer li essa tese de onde tu dizes que a Maria Júlia copiou...

— Não sou eu que digo, Clara. Tomara não ter que dizer nada, entendes? Mas é uma vergonha, estas coisas correm, e eu também não posso fingir que não sei...

De resto, vários colegas nossos acham que tu foste de uma generosidade ímpar para com a Maria Júlia, atendendo ao mal que ela diz de ti...

— Que mal?

— Ora, querida Clara, o que é que isso interessa agora? Invejas, sabes como é este meio, não podemos dar importância a estas mesquinhices... A Maria Júlia não é propriamente uma pessoa bem resolvida. Se fosse, não teria caído nesta infantilidade do plágio. Inseguranças, sabes como é. Aliadas a uma ambição desmedida, dão sempre desastre...

— Estou com pressa, Diogo. Diz-me onde é que queres chegar.

— Não quero chegar a lado nenhum, Clarinha. Apenas me ocorreu que seria bom, até para limpares o teu nome, que te demarcasses da escolha da Maria Júlia, e que sugerisses o meu nome para a substituir. Era bom que tudo isto se passasse rápida e discretamente, para evitar estragos na imagem da Universidade, não te parece?

— Limpar o meu nome, Diogo?...

— Sim, confessares que não sabias de nada...

— Confessar? Eu nunca fui de confissões, Diogo. E, para tua informação, nem vou voltar à Universidade. O que até torna tudo mais simples. Podes ficar directamente com o meu lugar.

— O teu lugar? Não voltas? Clara, o que é que...

— Adeus, Diogo. Passa bem.

Querido amigo; perdoa se te usei como um mapa para encontrar o meu caminho — mas não são isso os amigos? Parti ao encontro da Bahia com aquela ansiedade eufórica de quem vai conhecer um escritor que desde há muito ama, no silêncio rugoso das páginas. Tinha medo de encontrar fora das capas uma voz que me destoasse do coração, que não condissesse com o estilo que fizera meu. Tinha medo, mas não podia fugir a esse convite irresistível; assim, arrisquei-me ao encontro com o rosto do amor, apostando que a sua erótica de tigre haveria de sobreviver, mesmo que muito arranhada, à desilusão que a demasiada realidade sempre arrasta na sua cauda. Tinha medo de partir sem ti, depois tive medo de partir só contigo. Chegada a Salvador, fui percebendo que era este o meu destino; para encontrar António Vieira não preciso de lhe seguir os passos todos — ou teria de ir também a Coimbra, onde ele esteve preso e sujeito aos tenebrosos interrogatórios da Inquisição, e a Roma, onde esteve exilado, acarinhado pela admiração da convertida e bela rainha Cristina da Suécia, que o queria para confessor particular. Além de que, se Vieira declinou — com elegância e doçura, é certo — o serviço da bela sueca, como tomaria o meu, que nem convertida sou?

Vieira é o meu rastilho, ele sabe-o e suponho que não se importa; quero até supor que será para ele motivo de alegria ver esta cega guiar-se, no século XXI, pela textura das suas palavras tão antigas. Na verdade, mais do que as suas palavras, move-me a arquitectura do seu pensamento: linhas circulares, de um barroco expansivo, que abre círculos em vez de os fechar. Vieira usava as palavras como armas políticas extremamente afinadas, propaganda insinuante ao seu Deus, ao seu rei, aos seus ideais. E, no entanto, a espora da verdade fura nelas sempre as dissoluções da veemência. Por isso me dá tanta vontade de rir quando ouço alguns artífices da escrita contemporânea, envoltos nos negros e luzidios cabedais da estética, perorando com ar solene sobre a doença funesta da mensagem, que mata a ambiguidade e a beleza e a inteligência dos textos, e não sei que mais... Vieira era brasileiro, e português, e diplomata, e humanista, e missionário. Atravessou sete vezes o Atlântico numa época em que cada travessia era uma odisseia, e não escreveu uma só palavra que não estivesse contaminada pelo vírus de uma mensagem. E que luxo de escrita, que vendaval de pensamento, que capacidade de torpedear a arrumação das coisas terrenas e divinas!

Durmo muito, fecho os olhos e António Vieira escreve-me, leio as suas cartas, ou ouço-as, na voz do outro António, o que me cegou. Há agora aqui um congresso sobre Vieira, a política e o mistério, também foi por isso que quis ficar, para ouvir falar dele. Há uma mulher que vai falar sobre a racionalidade da profecia, e isso interessa-me especialmente. Mas conta-me tudo, e que o anjo de António Vieira te acompanhe. Beijos, Clara.

Todas as terras, assim como têm particulares estrelas, que naturalmente predominam sobre elas, assim padecem também diferentes vícios, a que geralmente são sujeitas. Fingiram a este propósito os alemães uma galante fábula. Dizem que quando o diabo caiu do céu, que no ar se fez em pedaços, e que estes pedaços se espalharam em diversas províncias da Europa, onde ficaram os vícios que nelas reinam. Dizem que a cabeça do diabo caiu em Espanha, e que por isso somos furiosos, altivos, e com arrogância graves. Dizem que o peito caiu em Itália, e que daqui lhes veio serem fabricadores de máquinas, não se darem a entender, e trazerem o coração sempre coberto. Dizem que o ventre caiu em Alemanha, e que esta é a causa de serem inclinados à gula, e gastarem mais que os outros com a mesa e com a taça. Dizem que os pés caíram em França, e que daqui nasce serem pouco sossegados, apressados no andar, e amigos de bailes. Dizem que os braços com as mãos e unhas crescidas, um caiu na Holanda, outro em Argel, e que daí lhes veio — ou

nos veio — o serem corsários. Esta é a substância do apólogo, nem mal formado, nem mal repartido, porque, ainda que a aplicação dos vícios totalmente não seja verdadeira, tem contudo a semelhança de verdade, que basta para dar sal à sátira. E, suposto que à Espanha lhe coube a cabeça, cuido eu que a parte dela que nos toca ao nosso Portugal, é a língua, ao menos assim o entendem as nações estrangeiras, que mais de perto nos tratam.

Faz tempo que estou aqui parada sobre a página, tentando ler o que ela tem para me dizer — inútil. Fico pensando naquela mulher que não pode ler, aquela portuguesa cega que conheci hoje. Procurei lhe ajudar, quase me maltratou. Depois me reconheceu pela voz, perguntou se eu não era a congressista que abordara a relação profética de Vieira com o mundo da época, e falou que eu estava completamente errada, que eu não fazia nem idéia de quem era Vieira. E eu, estúpida, dei trela. Por que não falei: "Essa é a sua opinião" e virei costas? Ora, porque não se dá as costas a um cego, pelo menos eu pensava assim. O fato é que a mulherzinha me perturbou — pequenininha, magrinha, uma aragem de pessoa, arrumada como se estivesse indo para a ópera — me explicando que tentar interpretar Vieira através do seu suposto insucesso era uma besteira total, e uma conseqüência da filosofice empática dos nossos dias. Terminou me dizendo que Vieira não era um falhado, e que Vieira não era eu — que desaforo.

Esses portugueses chegam aqui pensando que nos falam de cátedra, que só eles é que sabem — como se Vieira não fosse mais nosso do que deles, que, aliás, não lhe dão a menor bola. O certo é que a mulherzinha me perturbou — não sei se apenas pela ligação entre a cegueira e a má educação, se por alguma outra coisa. Tem gente que carrega uma fúria contagiosa. A verdade é que, no fundo, estou começando a duvidar do meu enfoque sobre a figura de Vieira. Algumas frases dessa mulherzinha conflituosa estão conflituando dentro de mim. Me magoou a injustiça das suas apreciações apriorísticas, do tipo: vocês, acadêmicos, estão sempre sacrificando a verdade à originalidade de um ângulo que vos permita subir na carreira. Sabe Deus quantas vezes isso acontece, e sabe Deus que eu não sou isso. Me apeguei ao Vieira para continuar a obra do Antônio, como podia — e o que eu podia era analisá-lo através da História, é isso o que eu sou, uma simples historiadora, nunca tive nem tenho pretensões a literata. Mas fiquei sentindo que preciso repensar esse negócio do sucesso e do falhanço — são conceitos demasiado incrustados no corpo do tempo, para que possamos fazê-los voar de século em século, sem as roupagens da época. Fiquei pensando que aquilo que chamamos de História é provavelmente e tão-só um exercício de autoconsolação, que jamais passaremos de frágeis ficcionistas. Ora. Como é que, nessa idade, eu fui me deixar arrasar assim por uma ceguinha boba, bem mais jovem do que eu?

Os vícios da língua são tantos, que fez Drexélio um abecedário inteiro e muito copioso deles. E se as letras deste abecedário se repartissem pelos estados de Portugal, que letra tocaria ao nosso Maranhão? Não há dúvida, que o M. *M* — Maranhão, *M* murmurar, *M* motejar, *M* maldizer, *M* malsinar, *M* mexericar, e, sobretudo, *M* mentir: mentir com as palavras, mentir com as obras, mentir com os pensamentos, que de todos e por todos os modos aqui se mente. Novelas e novelos, são as duas moedas correntes desta terra, mas têm uma diferença, que as novelas armam-se sobre

nada, e os novelos armam-se sobre muito, para tudo ser moeda falsa.

Bem feita, Clara. Pensavas que bastava mudares de continente para te livrares do ranço das ideias feitas. Para que te foste meter naquele congresso de Vieira — não estavas já farta dessa tua existência de salão? Querias saber mais, só te enfureceste mais. Nada parece poder tranquilizar-me. Só o corpo do Emanuel, com a sua suavidade pagã, demasiado próxima de uma ordem de rendição. Como pôde Vieira viver sem sexo? Invejo-lhe esse Deus que lhe fez da carne uma armadura, um carro de combate invulnerável, concedendo-lhe ao mesmo tempo o sentimento mundano dos homens.

— Como se pode falar de alma sem falar de Deus? — pergunta-me Emanuel, enquanto me acaricia e eu canto ao seu ouvido aquela canção em que Caetano define a pele como a parte mais clara da alma. De tudo se pode falar sem falar de Deus. Como de tudo se pode falar enquanto se fala de Deus. Foi o que fez António Vieira. Não era um santo, Vieira, não era um desses seres que em vez de artérias e nervos têm uma corrente de nuvens dentro do corpo, e pairam sobre a Terra, atraindo os carrascos para que lhes desfaçam o invólucro e deixem voar para o alto Céu. Sofria cada ingratidão e afiava sobre ela o ferro das suas palavras, a sua fúria divina é o caldo borbulhante da decepção humana levado ao ponto de ciência geral da injustiça — por isso o sinto tão próximo de mim, as mesquinhas corrupções das relações humanas permanecem para além do desenho das catedrais, dos códigos jurídicos, da evolução das técnicas de guerra e das fórmulas químicas.

Se não se tivesse deixado consumir tanto pelo seu tempo, Vieira não teria sido capaz de inventar esse outro tempo, imóvel e intranquilo, um templo de textos em espiral onde a insignificância da vida se transtorna e o rosto humano da eternidade surge em contornos nítidos. É da Terra e das pessoas, para a Terra e para as pessoas, que fala António Vieira, sem se deixar amainar pela perspectiva da vida eterna. Por isso engendrou inúmeros planos económicos e políticos para o país, por isso se exasperou com a barbaridade das escravaturas, por isso se afeiçoou às artes da diplomacia e correu a Europa como caixeiro-viajante de um Portugal que ele sabia ainda não existir senão na sua ideia. Concentrou o desejo nos seus sonhos sobre a realidade. Tudo para que agora uma pateta metida a académica, como essa Clara que hoje conheci, venha com os seus manuais de *marqueting* pessoal declarar o estrondoso insucesso de Vieira! Quem me manda a mim, Vieira, tão bem encaminhada que estava, meter-me numa reunião de bárbaros?

Clara querida, Alcântara emana essa tristeza mansa, infinitamente sábia, de lugar-ao-lado: tudo lhe aconteceu sem nada lhe ter verdadeiramente acontecido. Todo o seu reconhecimento parece póstumo, como se estivesse destinada a ser um daqueles amores cuja intensidade só percebemos em *rewind*. Desprende-se uma melancolia quase cómica, na candura da sua tragédia, das ruínas dos dois palácios inacabados dos barões de Mearim e Pindaré. Rivais políticos — Mearim liderava o Partido Conservador e Pindaré o Liberal —, entraram em despique na construção de instalações condignas para uma eventual visita a Alcântara do Imperador D. Pedro II. Esta disputa palaciana, jogada pedra a pedra, teve o efeito precisamente contrário — o Imperador desistiu de vez de visitar a cidade, já nessa época em acelerada decadência. O fulgor de Alcântara, da sua fundação, em 1648, até ao início do século XIX, ficou a dever-se ao açúcar, ao algodão — às fazendas e à escravatura. Brilho baço, desumano, clinicamente descrito no romance *Noite Sobre Alcântara*, de Josué Montello, que acompanha as minhas longas noites, agora tão solitárias, tão saudosas de ti. Muito deve ter penado o teu Padre neste Portugalinho transplantado que é, ainda hoje, o Maranhão.

Provavelmente, fizeste bem em ficar; na Bahia a memória da opressão é atenuada pela memória da concomitante revolta, os deuses africanos conseguiram infiltrar-se no bojo dos santos católicos e criar uma linhagem de resistentes insubmissos, a estirpe criadora dos bahianos. Aqui, a violência parece ter-se desvanecido por força do tempo, sem interferência de qualquer pensamento ou acção de mudança. Empobrecidos, os senhores foram-se desfazendo dos escravos como de anéis de família; num outro romance de Josué Montello, que é o grande escritor do Maranhão, *Os Tambores de São Luís*, assistimos ao abandono dos escravos nos bancos dos jardins de São Luís: os donos diziam-lhes que iam ali e já voltavam, e apanhavam o barco para lugares mais promissores. Tudo neste lugar é tão bonito como sufocante; casinhas portuguesas, com certeza, azulejos, sobrados silenciosos, aqui e ali um bando de crianças cujos risos nos salvam momentaneamente.

A primeira impressão que se tem de São Luís é, assim, a de uma virgindade implacável perante isso a que vulgarmente chamamos o correr do tempo. Os uivos e o sangue da guerra estiveram aqui, repetidas vezes, mas agarraram-se tão pouco às pedras da cidade como a felicidade daqueles namorados que não conseguem parar de se beijar, no largo da igreja, ao pôr do Sol. Há um fotógrafo com ar de profissional que os tem na mira, mas eles não vêem a câmara fotográfica, nem os velhinhos que os fitam, incomodados ou nostálgicos. O homem fotografa-os e eu vejo um deles, daqui a vinte anos, apanhando a memória morta daquele beijo numa revista encarquilhada, algures noutra cidade. Romanceio, claro, é o meu vício, sobretudo desde que tu não estás — mas a verdade que este vício me tem trazido é essa, de uma realidade dançando sinuosamente. Ninguém se atreveria a meter numa história o reencontro desta fotografia, e menos ainda que o rapaz nem sequer se reconhecesse nela, mas antes lembrasse uma outra namorada, posterior a esta que agora beija, naquele retrato casualmente ressuscitado. Terrível é pensar que daqui a dois ou cinco anos este par terá esquecido este abraço que era infinito. Terrível e tranquilizante, porque os beijos precisam de se apagar para se repetir. Como os homens, ou as cidades — e São Luís já se apagou tanto que se tornou inesquecível.

É possível que, como reza a lenda, o fantasma de Donana Jânsen corra ainda, nas noites escuras de sexta-feira, pelos empedrados destas ruas, na sua pavorosa carruagem, puxada por muitas parelhas de cavalos brancos decapitados, guiados por uma caveira de escravo, igualmente decapitada. Dona Ana Joaquina Jânsen Pereira celebrizou-se por torturar os seus escravos, incluindo crianças, de forma particularmente bárbara, muitas vezes até à morte. Diz-se que quem tiver a infelicidade de encontrar a carruagem de Donana e não fizer uma oração pela salvação da alma dessa mulher desalmada, receberá, ao deitar-se, uma vela, das mãos do fantasma dela — vela que se transformará em osso humano ao nascer do dia. Sim, querida Clara, estás melhor — e provavelmente — oh, infortúnio! — melhor acompanhada, aí em Salvador.

Passeio, converso, leio. Também te confesso que a quase inexistência de museus dignos desse nome é, para mim, um dos grandes atractivos de São Luís. Não se pode devorar um museu como quem mede uma casa para comprar; creio que se as obras de arte estão lá, tão pacatas, é porque esperam a visita dos seus contempladores íntimos, individuais. É assim que gosto de ver museus; procurando por uma visão, uma só, que me desinquiete. Certo é que ainda não curei a indigestão museológica que contraí da primeira vez que pus os pés em Paris, com muito pouco dinheiro no bolso, e decidi ver o Louvre inteiro num domingo, porque era gratuito. De maneira que agradeço a frugalidade monumental destas paragens. Como tu, aprecio esse privilégio supremo do viajante que é o de participar da banalidade quotidiana sem lhe sentir o peso — porque não é a sua. Mas conta-me, conta-me como vives e o que fazes aí em Salvador.

Doce Sebastião, conto-te que hoje estive contigo aí em São Luís do Maranhão. Apertei-te os dedos quando ouviste os gritos de uma criança escrava que estava a ser chicoteada no pátio de Donana Jânsen. Toda a vida viveremos assombrados pelos gritos e gemidos de um passado que não podemos transformar — já na infância os ouvíamos, falavam-nos da mansa colonização portuguesa e nós sentíamos que não tinha sido assim, que os grandiosos portugueses tinham a vileza humana dos outros povos todos, a mesma cobarde afoiteza de explorar os outros.

Portugal soube exilar-se, dentro e fora de si, mas nunca soube sair. O substantivo "saideira" foi a língua do Brasil que o inventou. O português inventou o mulato, diziam-nos, e nós víamos o quanto esses mulatos eram olhados como animais de zoológico... Nós vemos as mesmas coisas, sim — tu dizes que eu avanço melhor do que tu, mas é só porque vi a morte à minha frente, e ver a morte torna-nos temporariamente imortais. Temos sensibilidades gémeas, sim — mas não é isso que nos tornará um casal, nunca. Poderia até fazer amor contigo, se não te amasse tanto de uma forma tão envergonhada, transparente, pouco conjugal. O amor físico é feito de desvergonha e intimidade, e eu não posso ser íntima de uma pessoa que é feita da minha própria massa — experimentamos demasiadas afinidades para podermos ser amantes. E não somos tão leves, nem tu nem eu, que pudéssemos ter prazer um com o outro sem que a nossa cumplicidade fosse afectada, pois não?

Todavia, lembro-me muitas vezes da tua imagem chorando, num automóvel, ao lado de um homem demasiado homem para te poder consolar, e essa lembrança faz-me desejar-te. Ser mulher é desejar absorver na humidade do sexo as lágrimas de um homem. Fico molhada quando penso nas tuas lágrimas. Grande invenção, a escrita — ao teu lado nunca diria estas coisas. O texto é erotismo puro, sexo que faz doer — descobri-o nos textos de António Vieira. Longe de ti estou mais perto de ti — meu querido Sebastião, vamos mesmo ter de viver separados. Porque eu sou daqui, do Brasil — sou deste odor violento a floresta e mar, desta melancolia urbana excessivamente quente e perigosa, desta língua portuguesa lenta e lúbrica, deste baile de gerúndios mergulhado nos compassos do presente. O Brasil é o hoje vertical: todas as misérias do passado e as esperanças do futuro se aglutinam na experiência do momento presente. Eu sou desta mestiçagem mais potente do que toda a História, tu és da História, com princípio, meio e fim.

Eu não quero viajar mais, não posso viajar mais — tudo o que tenho para ver está dentro de mim. No Brasil posso ser ubíqua — o Brasil é essa capacidade de estar em toda a parte ao mesmo tempo, por isso é o país das canções, feitas do tempo que corre e da eternidade que esquecemos. Ter-me-ás sempre ao teu lado, assim — virtual e inteira.

* * *

Que coisa é a conversão de uma alma senão entrar um homem dentro em si, e ver-se a si mesmo? Para esta vista são necessários olhos, é necessária luz, e é necessário espelho. O pregador concorre com o espelho, que é a doutrina; Deus concorre com a luz, que é a graça; o homem concorre com os olhos, que é o conhecimento.

Clara, não te deixes iludir pelos sons, cheiros e carícias da beleza — o Brasil já te mostrou o outro lado do seu rosto, a sua face horrível. Esqueceste? Esqueceste-me?

Sebastião, o horrível desistiu de ser rival do belo, deixou de ser o antibelo. Ambos se fundem, ambos se fundiram sempre — mesmo quando não o queremos ver; são um só ser hermafrodita. Em todo o horrível há um grito pelo belo. No belo o único grito que se ouve — e não é grito, é um lamento em surdina — é pela morte: a morte que o apagará em definitivo, a morte que é a melancolia da sua ausência. O desaparecimento da ideia do belo resulta da sua politização: a beleza em si foi desprezada a favor de uma beleza ética, que muitas vezes se impõe através das imagens contrastantes do horrível — ou mesmo, nos seus momentos mais intensos, de uma beleza épica, que ressuscita sempre nos lugares e momentos de tragédia. Esta beleza épica relaciona-se com o sublime, beleza extrema que, na sua extrema intensidade, se torna dor, vazio, o terrível emudecido. O horrível pelo horrível torna-se infantil, habitual, insignificante, do mesmo modo que o belo pelo belo se torna frustrante. Não te preocupes; para mim já não há beleza nem fealdade, apenas essa coisa híbrida que é o desejo de viver. E é aqui que quero viver, é a esta terra escaldante que quero pertencer, por muito que o não queiras. Sem te esquecer, nunca.

Clara, por mais que me tentes atordoar com filosofias, tu não podes ficar no Brasil, tu não podes largar assim uma vida inteira de repente. O teu mundo, a tua civilização, não são esses. A Bahia tem um efeito hipnótico, é sabido — mas não se pode viver em permanente hipnose. Esqueceste-te que foi por causa do Brasil que perdeste a visão? Usa o substantivo "saideira", usa-o, por favor, como naquela tão exacta canção do Chico Buarque chamada *Trocando em Miúdos*, lembras-te? "Eu bato o portão sem fazer alarde/ eu levo a carteira de identidade/ uma saideira, muita saudade/ e a leve impressão/ de que já vou tarde."

Clara, querida Clara, diz-me: apaixonaste-te?

Que pergunta tão pragmática, Sebastião! Para eu me apaixonar não é preciso muito — e nisso somos muito diferentes um do outro. Quantas pessoas pelas quais me apaixonei consegui amar? A paixão é o ar da nossa civilização, uma espécie de mandamento elementar — passam os anos, e não percebemos o que vimos naquelas pessoas pelas quais nos julgávamos capazes de morrer. Enraizei-me — isso é que é raro, descobrirmos de que terra somos. Enganas-te; é este o meu mundo e a minha civilização. Nunca fui nada dada a delírios patrióticos nem nacionalistas, sabes bem que não — mas sempre me senti incompleta em Portugal, como se não fosse dali. Em certos dias, para ter coragem de me levantar, tinha de me pôr a enumerar mentalmente as qualidades do país. Que são muitas — mas quando entramos no deve e haver dos afectos é porque eles já não nos servem.

Sebastião, Sebastião, não sabes como me magoas quando falas dos olhos que perdi, não consegues entender que no sítio em que me perdi é que preciso de me encontrar, e eu não consigo explicar-te mais nem melhor estas coisas. Provavelmente é também isso o que me prende ao Brasil: aqui ninguém me pede explicações. Portugal cheira-me ainda ao Tribunal do Santo Ofício, exigindo justificações e contrições permanentes, mentiras cerimoniais, hipocrisia e solenidade. O Brasil emancipou-se dessa tralha de aldrabices — pelo menos, é um país onde a injustiça e a corrupção brilham ao sol, em vez de se calafetarem em vénias e mesuras. Neste país sinto-me, mais do que entendida, aceite. Estou cansada de ter de escolher as palavras e de as arredondar para que me percebam. Gostava que pelo menos tu me poupasses. Sebastião querido, Salvador faz-me regressar à menina que eu fui, alinhando palavras à procura da poesia. Escrevi estes versos, inspirados pelo atabaque da voz de Vieira, que não me larga os sonhos.

A minha língua

A minha língua cheira a ligaduras
tintas de sangue e a vinho,
ou álcool puro. Língua macha,
derramada em desvergonha,
trilho de esperma
marcando o sabor do mar profundo.

Língua lenta, solene e trôpega
no conversar corrido,
atulhada de doutores, excelências,
favores e obrigações,
banquete de verbos irregulares, regras mestras
maquilhadas por um cortejo de excepções.

Língua violenta e secreta,
mafiosa, só nas trevas da página
em branco abre as pernas e
mostra o sexo.

Língua-labirinto, feita para super-heróis.
Língua de ameias e arremesso,
combativa e ardilosa como uma ponte levadiça.

Língua declinada em música
no fogo líquido do seu hemisfério
tropical, doendo nos gonzos
como uma porta demasiadas vezes
batida.

Língua náufraga,
flutuando no casco das palavras
quando tudo soçobra,
língua salgada e sôfrega,
talhada pela raiva dos sobreviventes.

Língua plástica embrulhada em panos de pedra,
língua dura de roer, suada como um bandido,
língua de vão de escada
com uma navalha em cada vírgula
e uma gargalhada negra
vibrando nas cordas da noite.

Língua de vaidosos esconsos
gingando por atalhos e sussurros.
Língua velha, entrapada, mal criada,

sem roupa interior nem espartilhos,
escrava do sonho do mando,
entorpecida de incensos católicos
descaradamente puta e política.

Beijos, Clara

Então agora poetizas... Gosto da tua língua — foi quando me mandaste embora que descobriste a inspiração? És injusta quando desconsideras a minha afinidade contigo. Entendo-te muito bem, ao contrário do que dizes, apenas gostava que entendesses que me dói a ideia de me separar de ti. Sobre Portugal, acho que exageras, mas falta-me o alento para o defender. Sinto-me submerso em saudades de ti. Escrevo-te este *e-mail* de Belém do Pará, debaixo de um calor de chumbo líquido.

Visitámos hoje um Museu das Civilizações Indígenas, situado no Forte do Presépio, ironicamente construído (em vão, já que nunca foi utilizado) para defender o Império que oprimia essas civilizações. A exposição é declaradamente pedagógica, com painéis explicativos sublinhando que é errado chamar índios a estes povos, que tão-pouco deve dizer-se que são povos "do Pará", mas antes "no Pará" dado que "não reconhecem fronteiras geográficas" e que as suas línguas (tupi, tupi-guarani e karis) e diversidades culturais devem ser, não só respeitadas, mas dignificadas. Explica-se ainda como a técnica agrícola dos tupinambás, que cortavam as árvores e as incendiavam para depois cultivar mandioca, esgotava rapidamente os solos e os obrigava a mudarem constantemente de lugar, devastação após devastação. Sempre é um alívio perceber que nem só a civilização do progresso esbugalhou o planeta, não te parece? E conclui-se: "Com o advento da colonização portuguesa, os rituais antropofágicos foram gradativamente sendo esquecidos, o que provocou a perda da identidade cultural daqueles povos." Ora, imagina o que aconteceria a este apetitoso grupo de viajantes, se a identidade cultural antropofágica daqueles povos não se tivesse perdido...

À saída, debaixo dos bandos de abutres que sobrevoam o forte, no ar forrado de cola derretida, a dissolução das identidades culturais sopra como um vento de alegria sincrética, com a memória do riso do nosso Marcos baiano e da vibrante inteligência de Bruno, o guia muito jovem que nos acompanhou no Maranhão, escavando o interior da História e dos livros e encontrando neles a singularidade que define cada instante do humano, para lá das identidades assassinas. Surpreendentes anjos-guias nos enviou o teu Vieira, do alto da sua eterna irreverência.

Tenho tantas saudades tuas que até a pele me dói. Não sei o que faço aqui, e sei ainda menos como poderei voltar a Lisboa sem ti. Se não consegues ter dó da tua família, dos teus amigos, dessa pobre Lusitânia que precisa tanto do teu ânimo, tem pelo menos dó de mim. Beijos lancinantes do teu

Sebastião

O meu amante está a fazer um filme comigo. Um filme, vê lá a ironia. Sim, tenho um amante, Sebastião — não queria dizer-to para te poupar, mas nada nos gasta mais do que as esperanças vãs. Não é por causa dele que quero ficar no Brasil; sei que ele pode morrer amanhã, trocar-me no próximo instante por outra ou por outro — sim, o meu amante já teve paixões por homens, Sebastião, não te arrepies — mas a minha ligação a esta terra é mais forte do que qualquer amor humano. No Brasil, território de afectos exacerbados, o que primeiro se aprende é o desprendimento, ou o dom de amar esquecidamente.

Amar Portugal é fácil e claustrofóbico: em pouco tempo se conhece o território inteiro, em pouco tempo todos os rostos se assemelham. Não sei se te contei que uma vez encontrei o ministro da Educação num café, um mês depois de ter moderado um debate com ele na Universidade — ele falou-me, e eu não o reconheci. Ainda por cima, o homem perguntou como iam as coisas lá na Universidade, e eu, simpaticamente, disse-lhe que iam mal, porque a política da Educação estava uma miséria, e o ministro era um banana. O senhor abriu um sorriso amarelo, agradeceu-me a minha frontalidade e zarpou — olha, tive de lhe pagar o café. Pelo menos agora estou livre destas vergonhas, as vozes repetem-se menos do que as caras — ou talvez eu esteja agora mais adestrada nos sentidos que me sobram.

A vastidão da terra brasileira exorciza o ciúme e espevita o imediatismo do amor lírico. Raros são os brasileiros que conhecem todo o Brasil, e basta-lhes a parte que conhecem para se sentirem parte do todo. Agrada-me a ideia de ser de uma terra aparentemente infinita, de pertencer a uma pátria que se confunde com a ideia de mundo, agrada-me a impossibilidade de conhecer todos os meus conterrâneos, uma impossibilidade que me permite aprender a sentir cada ser humano como meu semelhante. Não poder olhar ensina-me a ver o interior da beleza, as vísceras deste país famoso pela sua imagem. Ser cega no país que exporta cirurgia plástica é assim como uma espécie de provocação política, uma *performance* interventiva.

Em Portugal sinto-me uma desgraçadinha verdadeira num país de falsos desgraçadinhos. Sento-me numa festa e toda a gente me vem falar de tragédias piores do que a minha, pensando consolar-me. Estou farta de ser consolada, protegida, maltratada com mimos, Sebastião.

Desculpa se sou ingrata — estou farta de estar sempre a pedir desculpa.

Preciso deste cheiro. Do cheiro a mar, bulício, perigo e ousadia que não encontro em Portugal. O cheiro a corpos que se mostram — o cheiro a carne e a sexo, à mistura de raças. O Brasil tem um odor à sobrevivência pura que me apaixona; não há nada que mate esta terra — talvez seja precisamente isso o que a impede de se tornar uma superpotência do mundo e talvez seja também isso o que faz dela, estranhamente, uma referência do mundo. O Ocidente como transcendência das identidades culturais fixas, como possibilidade de superação das fronteiras da identidade, é no Brasil que o encontro. Aqui, a humanidade particular é sempre maior do que o Estado, e se isso representa coisas terríveis, no gráfico da pobreza e da injustiça, sinaliza também, ainda que de forma obscura, a possibilidade de um outro caminho, de uma outra liberdade. Sinto-me mais viva, aqui, onde quase morri, do que no Portugalinho que esconjura o mar da morte no charco das maleitas, o Portugalinho do cá vamos andando, quando mal nunca pior, da inveja pequenina administrativamente organizada. Dirás que exagero, e podes dizer o que quiseres, e ter até muita razão. Sucede é que a razão já não me basta — aliás, não creio que baste a ninguém. À terra que me dá a vida não posso oferecer menos do que a minha vida.

Beijos da
Clara

O estilo há de ser muito fácil e muito natural. Por isso Cristo comparou o pregar ao semear: *Exijt qui seminat, seminare.* **Compara Cristo o pregar ao semear,**

porque o semear é uma arte que tem mais de natureza que de arte. Nas outras artes tudo é arte; na música tudo se faz por compasso, na arquitectura tudo se faz por regra, na aritmética tudo se faz por conta, na geometria tudo se faz por medida. O semear não é assim. É uma arte sem arte; caia onde cair. Vede como semeava o nosso lavrador do Evangelho. Caía o trigo nos espinhos e nascia: *Aliud cecidit inter spinas, et simul exortae spinae*. Caía o trigo nas pedras e nascia: *Aliud cecidit super petram, et ortum*. Caía o trigo na terra boa e nascia: *Aliud cecidit in terram bonam, et natum*. Ia o trigo caindo e nascendo.

Assim há de ser o pregar. Hão de cair as coisas e hão de nascer; tão naturais que vão caindo, tão próprias que venham nascendo. Que diferente é o estilo violento e tirânico que hoje se usa? Ver vir os tristes Passos da Escritura, como quem vem ao martírio; uns vêm acarretados, outros vêm arrastados, outros vêm estirados, outros vêm torcidos, outros vêm despedaçados, só atados não vêm! Há tal tirania? Então no meio disto, que bem levantado está aquilo! Não está a coisa no levantar, está no cair: *Cecidit*. Notai uma alegoria própria da nossa língua. O trigo do semeador, ainda que caiu quatro vezes, só de três nasceu; para o sermão vir nascendo, há de ter três modos de cair. Há de cair com queda, há de cair com cadência, há de cair com caso. A queda é para as coisas, a cadência para as palavras, o caso para a disposição. A queda é para as coisas, porque hão de vir bem trazidas e em seu lugar; hão de ter queda. A cadência é para as palavras, porque não hão de ser escabrosas, nem dissonantes, hão de ter cadência: o caso é para a disposição, porque há de ser tão natural e tão desafectada que pareça caso e não estudo: *Cecidit, cecidit, cecidit*.

Já que falo contra os estilos modernos, quero alegar por mim o estilo do mais antigo pregador que houve no mundo. E qual foi ele? O mais antigo pregador que houve no mundo foi o céu. *Coeli enarrant gloriam Dei, et opera manuum ejus annuntiat firmamentum*, diz David. Suposto que o céu é pregador, deve de ter sermões e deve de ter palavras. Sim tem, diz o mesmo David, tem palavras e tem sermões, e mais muito bem ouvidos. *Non sunt loquellae, neque sermones, quorum non audiantur voces eorum*. E quais são estes sermões e estas palavras do céu? As palavras são as estrelas, os sermões são a composição, a ordem, a harmonia e o curso delas. Vede como diz o estilo de pregar do céu, com o estilo que Cristo ensinou na terra? Um e outro é semear; a terra semeada de trigo, o céu semeado de estrelas. O pregar há de ser como quem semeia, e não como quem ladrilha, ou azuleja. Ordenado, mas como as estrelas: *Stellae manentes in ordine suo*. Todas as estrelas estão por sua ordem; mas é ordem que faz influência, não é ordem que faça lavor. Não fez Deus o céu em xadrez de estrelas, como os Pregadores fazem o sermão em xadrez de palavras. Se de uma parte está branco, da outra há de estar negro; se de uma parte dizem luz, da outra hão de dizer sombra; se de uma parte dizem *desceu*, da outra hão de dizer *subiu*. Basta que não havemos de ver num sermão duas palavras em paz? Todas hão de estar sempre em fronteira com o seu contrário? Aprendamos do céu o estilo da disposição, e também o das palavras. Como hão de ser as palavras? Como as estrelas. As estrelas são muito distintas e muito claras. Assim há de ser o estilo da pregação, muito distinto e muito claro. E nem por isso temais que pareça o estilo baixo; as estrelas são muito distintas, e muito claras

e altíssimas. O estilo pode ser muito claro e muito alto; tão claro que o entendam os que não sabem, e tão alto que tenham muito que entender nele os que sabem. O rústico acha documentos nas estrelas para sua lavoura, e o mareante para sua navegação, e o matemático para as suas observações e para os seus juízos. De maneira que o rústico e o mareante, que não sabem ler nem escrever, entendem as estrelas, e o matemático que tem lido quantos escreveram não alcança a entender quanto nelas há. Tal pode ser o sermão: estrelas, que todos as vêem, e muito poucos as medem.

— Posso saber porque é que cê tá chorando? Posso fazer alguma coisa contra essas suas lágrimas?

— Conheço a sua voz. É a professora do António Vieira, não é?

— Seria uma arrogância imperdoável tentar ensinar Vieira, não lhe parece? Mas sim, sou aquela mulher ruim que você acha que não entende nada do Padre. Provavelmente você está certa. Mas porque está chorando, se isolando assim, numa festa dessas?

— Porque não consigo acompanhar. As pessoas falam de cinema, do novo cinema brasileiro. Ou gabam as telas, parece que maravilhosas, que há nesta casa. A beleza destes jardins, das árvores iluminadas, da paisagem sobre o mar. Do champanhe cor-de-rosa.

— Ué. O champanhe você pode beber, menina. É divino. Fale de música, sei lá, do Padre Vieira, dessas coisas todas que você sabe. Cada um tem sua experiência individual, não é mesmo?

— Eu sei. Ninguém tem culpa. Escolhi o Brasil para fugir da pena contínua que os meus amigos portugueses tinham de mim. Mas é difícil começar.

— Todo o começo tem lágrimas. Me desculpe, eu não sei nada sobre você, posso até estar falando bobagem. Já bebi não sei quantas taças desse champanhe, tanto que já nem sei de que cor ele é — vejo tudo em arco-íris, nesse momento. Se as pessoas lhe falam de cinema e das coisas que estão vendo, isso significa que lhe consideram igualzinha a elas, não é verdade? Não era isso que você queria?

— Sim, mas...

— O português põe sempre um "mas" quando as coisas começam a rolar direitinho. Pelo menos era isso que dizia o meu marido, que até gostava muito de Portugal.

— Gostava? Já não gosta?

— Sei lá do que é que ele gosta agora, querida. Está lá no céu e, se bem o conheci, deve estar com um monte de gatinhas de asas brancas, depenando-lhes as asinhas uma a uma... Estou falando bobagem, já bebi demais, mesmo. Se anime, moça. Eu não lhe vi entrando debaixo da asa de um negrão sensacional, ou estou me confundindo?

— É, entrei com o meu... namorado, sim.

— Com um namorado desses, como é que você pode chorar? Esse rapaz é lindo mesmo. Caso você não tenha tateado ele o suficiente para saber, isso eu posso te garantir. Ah, já está rindo? Ainda bem. Ria à vontade, que quem vai ficar chorando sou eu. Tomara um gatão desses na minha vida. Você o largou por aí?

— Não, ele está lá dentro a conversar com um músico sobre a banda sonora do filme dele. O Emanuel faz cinema. Só que eu não conheço quase ninguém aqui, ainda.

— Sorte a sua, moça. Eu conheço gente até demais. Olhe, está todo o mundo dançando. Vamos dançar. Não tenha medo, eu lhe conduzo, escolho um lugarzinho bem espaçoso. Vai lhe fazer bem, venha.

* * *

A mão desta mulher tem uma pedra dentro. Um seixo branco, como aqueles que as crianças soltam pelo caminho nos contos de fadas, quando os pais as abandonam na floresta. Pedras ou migalhas de pão? Em certas histórias são migalhas de pão, vêm os pássaros e comem-nas, perde-se o trilho do regresso. Não tenho trilho de regresso, deixo-me levar pela mão forte desta mulher, que quis inimiga. Nunca fui capaz de ser íntima de uma outra mulher, assim que elas abriam o alçapão dos segredos eu começava a espernear, tirem-me das conversas sobre as submissões do amor, as dietas, os cremes, os casamentos futuros ou pretéritos. Fazia pouco delas, sentia-me pouco com elas. Na Faculdade eram a maioria, agitavam-se como corvos, lembravam-me os pássaros do Hitchcock — agrupando-se, a pouco e pouco, para atacarem num bando negro de bicos desesperados. Mas nunca chegavam a formar esse bando unido, despedaçavam-se sempre antes disso, num diz-que-diz suicida.

Os dedos desta mulher acariciam os meus com a delicadeza que só conheço nos homens, uma promessa de sensualidade que é ao mesmo tempo a certeza do amor que fica para lá dos exercícios do prazer. Só nos homens tenho encontrado esta certeza, este dom de prolongar a amizade para lá das curvas do sexo. Talvez por isso a homossexualidade masculina tenha tido uma história mais longa e feliz do que a feminina — os homens aprenderam o valor do amor, por contraste e mistura com o horror do sangue, a guerra, as guerras imemoriais em que aprenderam a sobreviver em bando. Sempre procurei esse amor que permanece depois do esgotamento do sexo, que recomeça depois do sexo ter atingido a miséria humana do seu grau zero, que se reinventa a partir da recordação do momento da entrega. O amor concreto, louco, azedo, cru, bárbaro que só os homens parecem saber fazer, sem velas nem rituais de *lingerie*, nada dessa parafernália de *bibelots* inventada pelas mulheres para suprir a falta de imaginação a que a História as confinou.

— Eu agora estou tendo uma perspectiva bem mais holística da vida, minha filha. Fiz um Botox, sim, dei uma remoçada, e isso me ajudou a me olhar no espelho e encontrar esse meu novo eu, integral, está entendendo?

É uma voz velha de mulher. Ainda não existe Botox para as rugas da voz. Uma voz velha como um facto, maquilhada de juventude. No tempo de Vieira não havia a palavra "holística" e mesmo que houvesse, ele nunca a usaria. Não usava palavras falsas, de papel de lustro, de encandear papalvos. Não precisava do "paradigma" nem dos "protocolos mediáticos" nem da "análise do contexto". Não precisava de "deslocamentos" nem de se "situar" — era um deslocalizado voluntário, sempre pronto a lançar-se aos mares para acudir aos chamamentos da grei, permanente intermediário do futuro.

A mão desta outra mulher que me puxa para dançar tem a qualidade dura e cristalina das palavras de Vieira. Deixo-me levar para dentro de uma espécie de samba e no interior das duas vozes dos dois homens que o cantam ressoa a voz de Vieira:

— "Meu nome é Orson Antônio Vieira/Conselheiro de 'Pixote' / 'Super Outro' / Quero ser velho, de novo eterno,/ Quero ser novo de novo/Quero ser 'Ganga bruta' e clara gema/Eu sou o samba, viva o cinema."

Já não me surpreendo. Danço. Estou em São Salvador da Bahia de Todos os Santos. Estou viva.

Sim, Padre; porém esse estilo de pregar, não é pregar culto. Mas fosse! Este desventurado estilo que hoje se usa, os que o querem honrar chamam-lhe culto, os que o condenam chamam-lhe escuro, mas ainda lhe fazem muita honra. O estilo culto não é escuro, é negro, e

negro boçal e muito cerrado. É possível que somos portugueses, e havemos de ouvir um pregador em português, e não havemos de entender o que diz?

— A minha voz vai limar do seu coração a voz desse Vieira. É uma promessa que estou lhe fazendo. Pode rir. Ria à vontade.

— Que promessa, Emanuel! Isso mais parece uma ameaça. Está com ciúmes de um homem morto há séculos?

— Que ciúme, que nada, meu bem. Só estou querendo lhe oferecer a minha presença. Nesses negócios de vida e morte, Clara querida, séculos e dias é tudo a mesma coisa. A morte não morre, isso eu sei, por experiência, mesmo.

— Nem calculas como admiro a tua força perante a morte do teu filho.

— Não se trata de força, não. Questão de fé. Incorporei Alex. Para mim ele não morreu — passou para dentro do meu sangue. Já Tatiana não aguentou.

— A mãe de Alex? O que lhe aconteceu?

— Disse que nunca mais queria me ver, e emigrou para Portugal. Como o menino estava comigo na praia, passou a me encarar como assassino. Eu até entendo isso. Mas para mim essa raiva dela significou que não éramos feitos um para o outro, como imaginávamos.

— E não sofreu com isso?

— Sofri, sim — graças a Deus. Mas naquela época tinha tanta saudade das gargalhadas do meu Alex que nem tinha espaço para sofrer por causa de Tatiana. Ela se mandou e, na verdade, eu nem dei por isso.

— Nem mais tarde?

— Não tem mais tarde. A saudade do Alex não diminui, nunca. A única diferença é que a gente começa a perceber que não vai mesmo esquecer nunca o grão daquela vozinha, a cor daquele sorriso, o cheiro daquela pele. A gente fica para sempre grudado naquele filho estranho, que não cresce. Mas isso também acaba por ser bom, nos impede de crescer demais. E nos ajuda a nos libertarmos dos negócios que não interessam. Desde que o Alex morreu, eu sou que nem ele: faço somente o que quero e aquilo em que acredito.

— Compreendo-te.

— Eu sei, beleza. Não precisa falar nada.

Emanuel, meu amigo, digo-te — e dizes-me que não és isso, um simples amigo. Mas é isso o que um dia serás, e eu procuro habituar-me já ao futuro. Ris-te quando eu falo de futuro, para ti só há o eterno e táctil presente. Dizes que me agarro tanto às palavras que me esqueço de viver.

— As palavras são matéria plástica, Emanuel; resistem à deformação — mas a vida nunca se esqueceu de mim, agarrou-me e abanou-me de todas as maneiras, as melhores e as piores. Houve uma época em que cheguei a acreditar que alguma coisa em mim atraía a desgraça. Viver em Portugal ajuda a essa sensação. Agora, que estou a sair de vez do país, sinto que uma lâmina de injustiça atravessa esta sensação — Portugal é um lugar afável, onde a vida flui com suavidade e o sol aquece sem queimar. Talvez a lamúria seja apenas um ritual português de protecção, queixamo-nos para iludir os deuses, de forma a que se apiedem de nós em vez de nos considerarem os privilegiados que somos. Talvez por isso nos afadiguemos tanto a complicar as coisas simples e a fazer com que a justiça demore até ao Juízo Final. Esse empenhamento na frustração tornou-se-nos uma segunda natureza, e enfraquece-nos. Tantas vezes me insinuaram que tinha azar ou que atraía o azar, que acabei por acreditar nisso. O grande azar, na realidade, foi aqui na Bahia que o encontrei — mas é também aqui que descubro o princípio do desprendimento, que me imuniza contra qualquer azar futuro.

— Amo sua plasticidade, sua capacidade de permanecer através das provas da vida — dizes-me, afagando-me as mãos.

Devo-te muito, Emanuel. Devo-te acima de tudo a certeza de que nunca mais experimentarei a sensação de que devo alguma coisa a alguém. Tornaste-me outra vez mulher, e, pela primeira vez, livre. Amo-me muito melhor desde que te amo a ti — e é por isso que nunca deixarei de te amar, mesmo quando formos já só amigos. Só amigos, nunca mais seremos, tens razão: o prazer explosivo dos nossos dois corpos juntos iluminar-nos-á em definitivo, quando isso a que chamamos amor se tiver despedaçado contra a banalidade dos dias, que é sempre maior do que a pobre vontade humana. Um dia, Emanuel, o meu estômago deixará de estremecer à aproximação do teu perfume, o meu coração deixará de palpitar ao escutar os teus passos, e a minha cabeça terá de imaginar histórias perversas para que o meu corpo consiga molhar-se de desejo pelo teu. Nesse dia, espero que consigamos o feito da amizade. Espero que consigas gostar tanto de mim que transportes a lembrança do nosso encontro para o segredo da intimidade que depois de mim vais encontrar noutras mulheres. Pedes-me que me cale. Dizes que pensar no futuro arruína o encanto do presente. Dizes que tentar dizer tudo é estragar tudo. Tens razão, Emanuel. Mas tentar fixar o presente em imagens, como tu fazes, é também matá-lo depressa, e tu não dás por isso. Os teus filmes congelam a vida, tanto como as minhas palavras. Eu não posso ver os teus filmes, e tu amas-me em silêncio. Assim duraremos.

* * *

Esta nossa chamada vida não é mais que um círculo que fazemos de pó a pó: do pó que fomos ao pó que havemos de ser. Uns fazem o círculo maior, outros menor, outros mais pequeno, outros mínimo: *De utero translatus ad tumulum:* Mas, ou o caminho seja largo, ou breve, ou brevíssimo, como é círculo de pó a pó, sempre e em qualquer parte da vida somos pó. Quem vai circularmente de um ponto para o mesmo ponto, quanto mais se aparta dele tanto mais se chega para ele; e quem quanto mais se aparta mais se chega, não se aparta. O pó que foi nosso princípio, esse mesmo, e não outro, é o nosso fim, e porque caminhamos circularmente deste pó para este pó, quanto mais parece que nos apartamos dele, tanto mais nos chegamos para ele; o passo que nos aparta, esse mesmo nos chega; o dia que faz a vida, esse mesmo a desfaz. E como esta roda que anda e desanda juntamente sempre nos vai moendo, sempre somos pó.

Entre mim e a minha nova amiga Clara existe uma intimidade de cem anos. Usamos de modos diferentes a mesma língua, e fazemos dessa diferença um código nosso. Bastam-nos meias palavras, uma interjeição, a melodia dinâmica das nossas vozes. Clara é o meu espelho mágico: corrige-me a maquilhagem, escolhe-me as cores, diz que eu tenho de vestir vermelho, porque sou de Iansã — e o vermelho das blusas escolhidas por ela cintila na voz de Emanuel:

— Você está uma gata, princesa! Bom que você não pode enxergar, senão ia se apaixonar por você mesma, e nem precisava mais de mim.

Por sugestão de Clara, e com a ajuda dela e de um amigo de Emanuel, que é advogado, compositor e cantor, Emanuel criou para o seu filme — a que chamou *A Mulher Que Amava Antônio Vieira* — uma banda sonora a partir dos textos do próprio Vieira. A surpresa emudeceu-me; os meus olhos secos como pedras tornaram-se rios, enquanto Emanuel me sussurrava:

— Eu não disse que minha voz ia te sacudir mais do que a desse cara do século dezessete?

Numa gargalhada cristalina, Clara concluiu:

— Querida, com esse talento pra chorar você já não precisa mesmo de voltar a Portugal. Nem pode, que eles lá ainda se afogam.

Ergue-se o avião que me leva para junto de ti pela última vez, Clara amada. Sei que te perdi nesta viagem. Não, não é assim: esta foi a viagem em que soube que nunca te fui nem serei indispensável. Pedir-te-ei que pelo menos me segures nas mãos como se me olhasses nos olhos. Pedir-te-ei que me contes tudo sobre o teu amante. Que pelo menos isso partilhes comigo. Não suavizes nada por vergonha ou pena. Preciso dos pormenores. Pelo menos sofrerei tudo até ao fim. Deleito-me imensamente escutando as tuas histórias e as palavras — como viverei depois, em Lisboa, sem elas? Voo para Salvador, voo para ti, Clara — com uma ténue, esfarrapada, miserável esperança de que regresses comigo a Lisboa.

Não, não incomoda nada. Imagina. Portuguesinha boba, quando é que você vai parar de ter medo de incomodar? Pelo contrário: você está me abrindo a flor de uma alegria que eu não sabia que tinha. Seu espanto, ontem, com aquela moça da caixa do supermercado que rimava palavras feito uma criança, falando que amava esse trabalho que lhe permitia conversar com muita gente e versejar. O entusiasmo com que você pediu que fôssemos numa livraria procurar um bom livro de poesia para oferecer à moça dos versos do supermercado. As histórias que você contava, esta tarde, enquanto fazíamos a mão no cabeleireiro, e ríamos tanto que as meninas tiveram que repetir o verniz em todas as nossas unhas. Você diz que é a Bahia que lhe faz feliz. Será a Bahia, será um certo artista baiano... mas é a sua alma de navegadora, querida, que está trazendo essas ondas de felicidade quotidiana para dentro do deserto da minha vida. Não se arrependa de ficar, Clara querida. Precisa mesmo de se despedir desse Sebastião? Para quê carregar essa nossa curta existência com despedidas? Ninguém sabe despedir-se de nada — não inventámos a eternidade para evitarmos as despedidas? Pois é. Olhe; vou eu no seu lugar. Não incomoda nada, estou morrendo de curiosidade de conhecer esse seu cavaleiro andante. Em vez de um adeus, eu lhe levo um mimo seu e o meu melhor sorriso de bom-dia. O cara só fica a ganhar, querida. Assunto encerrado.

(A carne das palavras. Alimentando-se de corpos para não morrer, movendo-se no escuro para não cegar. Abro o lugar das palavras para respirar. Palavras que se despalavram no silênsonsio, de asas abertas, largando os recatos da tinta, escapando ao furor dos púlpitos, lavando o céu.)

No aeroporto vejo uma mulher que exibe um cartaz com o meu nome. Aproximo-me dela, diz que se chama Clara. Que é amiga da minha amiga Clara. Que vem entregar-me uma lembrança dela, porque Clara não gosta de despedidas. Com um olhar compadecido acrescenta que isso significa que Clara não quer despedir-se de mim. Abro o pacote, tem um livro de poemas: *Guardar*, de Antonio Cicero. Murmuro:

— António, outra vez...

A Clara que não é a Clara responde, sorrindo:

— Não, não é esse Antônio, fique descansado. Leia, vai lhe fazer bem.

Despeço-me rapidamente desta mulher que pretende fazer-me bem. Não quero que ela assista à minha raiva, à minha desolação. Alego que tenho ainda uma série de lembranças para comprar no aeroporto, e viro-lhe as costas. Merecia-te mais do que isto, Clara. Merecia-te. Estou cego de lágrimas, Clara, tenho os olhos embaciados mas ninguém o perceberá. Sorrio, explico aos outros que afinal ficas mais uns dias com uma amiga que não está bem, a mãe muito doente, não quero que o grupo se apiede do marido cornudo em que me transformaste, sorrio monumentalmente, aflito, demasiado desgraçado para me enfurecer contigo, no túnel para o avião controlo o impulso de largar tudo e correr para ti — por uma vez o meu orgulho (ou vergonha, ou cobardia, ou o que lhe queiras chamar) foi maior. Não me humilharei uma vez mais — aguentaria decerto a humilhação, sim, mas não aguentaria ter de me separar outra vez de ti. De rastos a teus pés, e tu a enxotares-me — é demasiado pingão, demasiado patético. Acima das nuvens, leio a tua dedicatória: "Para o Sebastião, que guardarei comigo a vida inteira." Mentes harmoniosamente.

"Guardar uma coisa não é escondê-la ou trancá-la. Em cofre não
se guarda coisa alguma. Em cofre perde-se a coisa à vista.
Guardar uma coisa é olhá-la, fitá-la, mirá-la por admirá-la, isto
é, iluminá-la ou ser por ela iluminado.
Guardar uma coisa é vigiá-la, isto é, fazer vigília por ela, isto é,
velar por ela, isto é, estar acordado por ela, isto é, estar por ela
ou ser por ela.
Por isso melhor se guarda o vôo de um pássaro
do que pássaros sem vôos."

* * *

Tanto que eu te guardei, Clara. Tanto que me esqueci de me guardar a mim. Regresso a Portugal sem nada — as pessoas do grupo falam animadamente do muito que aprenderam nesta viagem. A mim esta bagagem de museus, igrejas e paisagens tropicais pesa-me como uma condenação. Queria dormir, mas quando fecho os olhos vejo-te ainda com maior nitidez. Vejo o teu rosto de olhos brancos, o teu sorriso vago, o teu corpo adormecido incendiando a insónia do meu corpo. Fecho os olhos e choro, Clara. Como se tu me tivesses deixado em herança as tuas lágrimas.

Clara coloca-me os dedos, um por um, nas cordas do violão e recorda-me o lugar e o modo de cada nota. Falei-lhe das transatlânticas noites de juventude em que saíamos do Coliseu inebriados e esticávamos a noite até ao nascer do Sol, em casa de alguém ou à beira-Tejo, em torno de uma guitarra, prolongando os concertos de Chico Buarque ou Caetano. Há vinte anos que não tocava e no entanto as notas fluem debaixo dos meus dedos. Clara diz que nenhum cantor conseguiu criar mulheres tão autênticas quanto Chico Buarque, e começa a cantar: "Quero ficar no teu corpo feito tatuagem/que é pra te dar coragem pra seguir viagem/quando a noite vem." Os meus dedos descobrem o tom, no violão dela, e seguem-na. Depois trocamos. Eu canto: "Oh pedaço de mim/oh metade afastada de mim/leva o teu olhar/que a saudade é o pior tormento/é pior do que o esquecimento", enquanto ela dedilha o violão. Acabamos rindo à gargalhada, desesperadamente, como se misturássemos lágrimas. Choramos a rir, choramos com o riso. Pornografia racional: duas mulheres emancipadas cantando a favor da escravatura voluntária da paixão. O nosso riso misturado enche-me de cor, entre as nossas gargalhadas vejo uma chuva de foguetes brilhantes, amarelos, azuis, vermelhos, roxos, verdes.

Enquanto rimos, esqueço-me de que não vejo. Só as conversas com Clara e o sexo com Emanuel me provocam este esquecimento. Depois do orgasmo, o sorriso do Emanuel abre-se lentamente como uma flor carnívora por dentro dos meus olhos cegos; os cantos da sua boca erguem-se, como se dançassem, muito devagar, os dentes brancos, pequenos, um pouco incertos, vão surgindo a pouco e pouco, e o sorriso espreguiça-se como um corpo feliz até o iluminar por inteiro. Clara diz que a minha definição do sorriso de Emanuel é exata — "Agora se ele sorri assim depois do orgasmo, isso não posso lhe falar, querida, lhe juro que não estou sabendo... Se bem que tem hora em que até que não me importaria de tirar uma confirmaçãozinha, sua sortuda." No meio do meu riso, ouço-a acrescentar: "Afinal, nós temos o mesmo tipo de homem, e não seria a primeira vez que partilharíamos o mesmo cara." Paro de rir para lhe perguntar de que cara fala ela — do nosso António Vieira? "Esse também, claro. Mas esse, querida, apenas nos aqueceria o espírito, mesmo. Estou falando do outro Antônio, do Antônio que lhe cegou, do Antônio que voou para o céu, do pai dos meus filhos." O fogo de artifício deserta-me os sentidos, caio de novo, vertiginosamente, no túnel das trevas. Sussurro: "Tu sabias. Porque é que não me disseste?", pergunta estúpida, disléxica, atordoada.

Clara, a Clara verdadeira, a única Clara, procura-me as mãos com as mãos, deixa cair o violão, ouço o estrondo, fujo com os dedos aos seus dedos, digo-lhe que não me agarre, não me agarre, e a voz dela, trémula, responde que gostava que pudéssemos continuar agarradas uma à outra, que também ela vivia no escuro, de outra maneira, que procurava a coragem, o momento, o instante perfeito, que passara anos a ter raiva de mim, a pensar que fora eu a causadora da morte de António, a julgar que ele se interpusera às balas para me defender.

Com que inocência lhe contara do meu desastre. "Por isso nunca me deste a tua morada, dizias sempre que eu não me preocupasse, que ias buscar-me a casa do Emanuel. E eu a pensar que era por gentileza", digo-lhe, ferida neste meu orgulho de diminuída, de pessoa a quem é fácil mentir, enganar, manipular. Clara declara que sou injusta, que apenas tinha medo de me afastar de si, medo de que eu desistisse da Bahia e me fosse embora. Tal como eu, nunca teve uma amiga — descobria sempre que as suas amigas eram amantes de António. Confessa-me que, quando lhe contei a minha história com António, percebeu que eu viera para acabar com o ressentimento que ela guardava contra o António morto, e para lhe dar uma segunda oportunidade de vida — uma espécie de ressurreição. Ponho pedras de raiva na voz para lhe dizer que a julgava agnóstica. Responde-me com doçura. Diz-me que precisamente por não acreditar na eternidade precisa da ressurreição terrena. Diz: amiga, amiga. Não respondo. Ouço vozes juvenis, os seus dois filhos que regressam do colégio. Pedro, o mais velho, tem a voz do pai — como é que nunca reparei?

A voz de António, dizendo agora: "Que bom encontrá-la, Clara, fica para jantar com a gente?" A voz da mulher de António, implorando-me que fique, murmurando por favor, por favor, nós duas somos maiores que isso, eu não agüento abrir mão de mais um afeto. Amiga, amiga. Quantas formas tem o desejo? Quantas aparições a eternidade? Habituei-me em poucas semanas à voz de Clara, ao riso de Clara, à sua cumplicidade solar, ao cheiro da sua casa, a casa que foi dela e de António. A Bahia que me ensinou a perder ensina-me agora a aceitar humildemente a dádiva do amor; a arte da perda consiste no desprendimento da raiva e da piedade — Clara foi mulher de António e não tem raiva nem pena de si mesma ou de mim.

Das paredes do meu país escorre uma mágoa de espoliados da epopeia do mundo, um sentimento que se curvou sobre si mesmo e se avinagrou. É de mel e vinagre a voz do fado, a voz de um país de negro, o país da noite imóvel, suspensa entre a febre das recordações e a doença do futuro, o país incomparável que se esboroa em comparações, um país que se curva e turva e transforma as estrelas em poalha de luz. O céu do Brasil é um espelho, água e aço, nítido e real, que cega e mata e suga e nos corrompe de azul. Tenho outra vez olhos, outros olhos, aqui — na extremidade dos dedos, nas maçãs do rosto, na pele dos braços e dos ombros, nos fios do cabelo. Toco, tocam-me, tudo toca, soa, ressoa, as frases mexem-se como pessoas, rebolam pelo interior do corpo e trazem o sangue ou a saliva, o desejo, o suor, a paisagem, o muco, o musgo, a fotografia da desolação com as tripas da esperança ainda em carne viva. País de palavras redondas como corpos abraçados, país do dia cru, absoluto, erguido contra o medo como um menino curioso, país hipermortal hiperbolicamente vivo, país meu, tão diferente e íntimo do meu país. Fique, pede-me a voz de Clara, a voz enrugada de Clara, feita da matéria incandescente dos olhos que perdi. Fique. Você sabe que este é o seu país. A terra dos seus mortos.

Não é terrível a morte pela vida que acaba, senão pela eternidade que começa.

No início eu a amava com um sentimento de vingança, Antônio. Tinha compaixão por ela, e esse era, para mim, um sentimento safado, quase criminoso — uma esmola sentimental. Estremecia de fúria quando olhava para o corpo balançado dela, aquelas ancas largas e enxutas de portuguesa sonsa, com um jeito de recato lançado em desacato para lhe enfeitiçar. Mas o vazio dos olhos dela me dava vontade de chorar — de pena de você e dela e de mim ao mesmo tempo. A compaixão inscrita nesses olhos opacos é feita de uma cumplicidade passional no sofrimento. O meu amor por você, Antônio, o seu desejo por ela, a paixão dela por você compõem uma só massa de cinzas, sabedoria póstuma, como que um presente que a sua morte e a morte dos olhos de Clara nos oferecem às duas.

Através da cegueira dela posso olhar para você de novo, Antônio. Perdoar-lhe, perdoar-me, acima de tudo soltar-me dessa rede humana e fraca de ofensas e perdões, do enredo teatral de nossas vidas. Um padre do século XVII lhe conduziu a Portugal e ao corpo de uma mulher, esse mesmo padre a transportou agora para dentro do meu coração. Pelo meio, ficou o naufrágio do nosso casamento, da sua vida, dos olhos dela. Juntas, renascemos de todas essas tragédias. Eu a quero em mim como uma amiga de infância, ouço os nossos corpos e as nossas almas crescerem entre brincadeiras e risos. Ela não vê a idade da minha pele, ganhou o dom de atravessar o tempo, imune à degenerescência dos tecidos do corpo. Obrigada por Clara, Antônio. Descanse em paz.

Deixaste de me responder, ingrato Sebastião, mas não penses que te culpo ou te castigo ou sequer lamento a tua decisão de silêncio. Da nossa tão alta amizade guardo firmamento bastante para firmemente te querer bem pelo resto das nossas vidas. Talvez um dia morras, e eu não saiba — e isso significa apenas que te continuarei amando vivo, e que viverás em mim enquanto eu viver. É essa a imortalidade em que acredito.

Não estranhes que use a palavra amor — sempre te disse, amigo, que entendia este afecto da alma partilhada como a mais constante declinação do amor, e o Brasil ensinou-me a erótica do amor que a si mesmo se basta. Era este o amor fino de que falava António Vieira, um amor sem retorno, indiferente à esperança e ao desespero, obsessivamente amante. Que prazer se pode retirar de um amor assim desabrigado e solitário? — perguntarias tu, se ainda me perguntasses alguma coisa. O prazer mesmo do desabrigo e da vertiginosa companhia do absoluto do amor. António Vieira encontrou para este amor o nome de Deus, e despiu-se do corpo — ou antes, macerou-o em expedições constantes — para lhe entregar esse desfiladeiro de luz a que chamamos alma. No tempo que lhe foi dado viver, as pessoas serviam-se do corpo como de uma muralha impenetrável ao sentimento, uma arma frágil, corroída pelo pecado original, amesquinhada pelo pó da terra e pela rudeza dos instintos. Não se sabia ainda nada sobre a química dos afectos nem sequer se suspeitava da existência de uma razão crítica universal que nos define e fortalece como seres humanos. Por isso se projectava o amor num céu futuro — um céu que já conquistámos, Sebastião, e que é feito da matéria estelar que compõe os nossos corpos. Há é pouca gente para dar por isso, ainda, porque o óbvio cega mais do que a cegueira.

O Brasil já conhece este amor; nele reside a sua espantosa energia. Este amor fino, generoso, que se respira em feliz inconsciência, nasce do convívio quotidiano com a morte e com a música, com a dança e o desaparecimento. É um amor sem ontem nem amanhã, sem cálculos nem poupanças, instantaneamente eterno. Partilho-o no corpo do meu amante Emanuel e na gargalhada da minha amiga Clara, e nessa partilha o multiplico, de modo a que, se Clara e Emanuel desaparecerem amanhã debaixo de uma chuva de balas, do trovão de uma doença, ou do simples tédio da minha presença, eu possa prosseguir com ele dentro de mim.

Esta descoberta do amor tornou-me invulnerável, Sebastião. Dou-me, e acrescento-me. Clara e eu lançámos há meses uma escola onde as crianças cegas aprendem em conjunto com as crianças que vêem. Criámos um sistema de pagamento proporcional aos rendimentos dos pais dos meninos, o que significa que as crianças cegas mais protegidas pela fortuna custeiam os estudos das que não têm nada. Não é uma revolução — nem eu nem Clara acreditamos nelas — mas é o princípio de um novo entendimento da vida, que pode gerar novos e melhores poderes. Pelo menos tentamos — e estamos felizes.

Quero crer que o teu silêncio é também um sinal de felicidade. As saudades que tenho de ti, embora imensas, querido Sebastião, são um mero grão de areia diante da alegria que experimento ao sentir que já não precisas de mim. A liberdade de não ser necessária é, verdadeiramente, inebriante — também isso devo a António Vieira, desta feita por contraste: este meu querido Mestre viveu demasiado sujeito ao olhar dos outros. Era um artista, e talvez um artista não possa nunca prescindir do peso dos outros, do lugar dos outros, de afirmar a sua voz contra o marulhar impiedoso dos outros. Eu tenho a sorte de nem sequer ver esse olhar, quando me é hostil. Porque os olhos dos que nos amam, aqui no Brasil, beijam-nos a pele. E não é metáfora, Sebastião, aqui já não preciso da gaiola das metáforas.

(Avanço pelo dia tacteando a pele dos sonhos. Palalastros de um alfabeto táctil. Palavras em botão debaixo da língua, no céu da boca, na ponta dos dedos, rumorejantes como ruas. A voz de um homem despertando o sono dos anjos esquecidos, ateando-lhes o lume das asas, revelando a eternidade que os engendrou. A noite espalha-se pelo céu como um espelho de palavras nuas, distintas e semelhantes como estrelas. A voz de um homem lançando o fogo das estrelas sobre a noite dos séculos. Palavras, coisas de pedra que ateiam o incêndio do instante e guardam as suas cinzas.)

Minha menina Clara. Apliquei os pincéis ao quadro e comecei a delinear-lhe as feições do rosto. Tornei a olhar, e o que vi já não era a mesma mulher; já não era o mesmo rosto, já não era a mesma figura, senão outra muito diferente da primeira. Deixei o desenho que tinha começado; lancei segundas linhas, comecei segundo retrato e segundo rosto; olhei pela terceira vez, o segundo original já tinha desaparecido, Clara estava outra vez transformada com novo aspecto, com novas feições, com nova cor, com nova proporção, com nova figura. Já me pudera desenganar e cansar; mas a mesma maravilha me instigava a prosseguir. Olhei e tornei a olhar; desenhei e tornei a desenhar; mas nunca pude tornar a ver o mesmo que tinha visto; porque quantas vezes aplicava e divertia os olhos, tantos eram os rostos diversos, e tantas as figuras novas em que a minha amada se representava a mim. Pasmei e desisti do retrato. Como se Clara fosse única e semelhante a todas as mulheres, em simultâneo. Assim ficaram os meus retratos suspensos e imperfeitos. Se ela é semelhante a tantas mulheres, como pode ser uma mulher sem semelhantes? Parte por parte, é semelhante; toda, não tem semelhante. Nela se acha junto o que nas outras se acha dividido.

O melhor retrato de cada um é aquilo que escreve.
O corpo retrata-se com o pincel, a alma com a pena.

* * *

Amo os teus dedos frios e firmes, Emanuel. Amo a lentidão com que introduzes cada um dos teus dedos na minha boca. Amo a leveza da tua língua avançando pelas minhas coxas. Tocas-me apenas com a extremidade da língua, sabes a que ponto o pouco que se dá faz crescer o desejo. Gosto de sentir o meu sexo transformar-se em mar teu. Gosto que me entornes a alma para a superfície da pele. Amo que me decomponhas em letra e música e me reconstruas nota a nota, verso a verso, como uma canção.

Amo este pedaço de ti que se endurece e expande na minha boca, Emanuel. Amo este talento particular de fragmentação que os teus membros possuem: uma mão sobre os meus cabelos, a outra dedilhando os meus mamilos, o braço roçando o meu pescoço, um dedo do pé no meu tornozelo. Os teus dedos transformam o meu corpo em lava incandescente. Gosto que me digas que não tenha pressa, que te demores a enlouquecer-me, que entres por todas as minhas portas, que me proíbas de me vir em ti sem ti. Gosto da leveza dos teus dentes roendo o lóbulo da minha orelha. Gosto que me perguntes se me estou vindo, num gerúndio sem princípio nem fim, como o meu desejo por ti. Gosto de te ouvir gritar que estás gozando. Gosto do arrepio da tua língua na minha nuca, gosto que me digas quero mais quando creio já te ter dado tudo. Gosto das palavras obscenas que inventamos juntos, feitas de restos de barcos e impérios, lodos e dolos do nosso passado comum estoirado pelas costuras. Gosto do sabor do teu umbigo suado, gosto do cheiro dos pêlos do teu corpo, do toque do brinco da tua orelha na parte de trás do meu joelho. Gosto de acariciar o teu pescoço de cisne, como se te alisasse as penas. Gosto de apertar a tua cintura estreita nas minhas pernas, de sentir os teus músculos pequenos latejando como uma bateria caótica de corações. Amo este amor que nos derrete o sangue e que se abre numa lentidão de rosa no teu inigualável sorriso. Amo a delicadeza com que levas os meus dedos à tua boca para que eu sinta o teu sorriso crescer sob os meus dedos, embriagado de gratidão. A quem me dá a eternidade não posso oferecer menos do que a minha eternidade. És todo para desejar, meu amado, e os meus desejos são todos como tu. E sei, Emanuel, que a luz deste desejo se perpetuará para lá de nós. Sei-o neste instante em que dentro de mim vens a ti e dentro de ti venho a mim e os dois engendramos, num acorde uníssono, uma vida nova.

Agradecimentos

A autora agradece ao Centro Nacional de Cultura, e em particular ao seu presidente, Guilherme d'Oliveira Martins, o convite para a viagem pelo Brasil do Padre António Vieira, em Setembro de 2005, no âmbito do ciclo Os Portugueses ao Encontro da Sua História. Do percurso e dos cenários dessa viagem nasceu a ideia deste romance.

Agradece também ao Instituto Português do Livro e das Bibliotecas e à Ledig House — Writer's Residence, nos Estados Unidos da América, a estada que lhe permitiu o isolamento e o silêncio necessários à realização deste projecto.

Um agradecimento especial é devido aos anteprimeiros e providenciais leitores deste livro, pela paciência, pelas sugestões e pelo estímulo. São eles, por ordem alfabética (e lembrando que o oceano dos afectos não reconhece ordem alguma): Cecília Andrade, Cristiane Costa, Fernando Pinto do Amaral, Helena Matos, José Miguel Wisnik, Lídia Jorge, Maria Lúcia Dal Farra, Patrícia Reis, Paulo Roberto Pires, Rui Zink e Thomas Colchie.

Ao Jorge Colombo, não posso já sequer agradecer a colaboração, porque são os seus olhos aqueles que primeiro desenterram da névoa os meus personagens, e foi graças à sua voz de comando, a um continente de distância, que todos os meus livros nasceram: "Escreve. Não te queixes. Reescreve." É ele também o autor do rosto final de todos os meus livros.

Este livro foi impresso na
LIS GRÁFICA E EDITORA LTDA.
Rua Felício Antônio Alves, 370 – Bonsucesso
CEP 07175-450 – Guarulhos – SP – Fax: (11) 3382-0778
Fone: (11) 3382-0777 – e-mail: lisgrafica@lisgrafica.com.br